LOS ASESINATOS DE LA NOCHE DE JUEGOS

THEODORE HUNTINGTON

Traducido por
TOMAS IBARRA

Dedicado a Laura.

—¡Te voy a matar!

El grupo se congeló ante la amenaza espontánea de Kerri-Anne. Lo que era una divertida Noche de juegos en casa de Linda inmediatamente se volvió sombría. La docena de invitados miraba atónita, boquiabierta, a la escultural rubia, todos preguntándose si era una broma de mal gusto.

En ese preciso momento, Alexa dejó de tocar las melodías de hip-hop que el vecino de al lado, Ren, había pedido. Ren era un habitual de las Noches de juegos de Linda, a menudo el alma de la fiesta con su exagerado sentido de humor pervertido.

Después de unos incómodos noventa segundos, Gregory, la pareja de Linda, al fin respondió:

—¡¿Qué narices, Kerri-Anne?!

Gregory la miraba fijamente, notaba su mirada vidriosa y la falta de equilibrio mientras luchaba por permanecer sobre el taburete.

—Ya me escuchaste —balbuceó Kerri-Anne mientras su dedo índice tembloroso y con manicura reciente se movía a milímetros de la nariz de Gregory.

Esta no era la primera vez que Kerri-Anne lo amenazaba, pero era la primera en que revelaba sus sentimientos a todo el grupo. Le había hecho comentarios constantes en privado, comentarios como: "No me vas a robar a mi mejor amiga" o "No estarás aquí por mucho más tiempo". Gregory descartó esos comentarios como bromas de una mujer celosa y borracha.

Él y Linda habían discutido el comportamiento de Kerri-Anne muchas veces y Linda sabía que su amiga se estaba convirtiendo en una molestia en su relación con Gregory. La pareja especulaba que Kerri-Anne posiblemente era lesbiana o bisexual, cuya conexión emocional con Linda había ido más allá de la amistad. El problema era que, al menos para Kerri-Anne, Linda no tenía los mismos sentimientos hacia ella. De hecho, después de permanecer soltera durante más de una década desde que terminó su matrimonio de veinte años, Linda al fin había conocido a un hombre con el que sentía una conexión genuina. Podía ver pasar sus años dorados juntos... siempre que pudieran tolerar la dificultad creada por Kerri-Anne.

Los otros invitados a la fiesta también podían ver el problema. Todos andaban con cuidado en torno a las travesuras de ebriedad de Kerri-Anne y hablaban con frecuencia sobre la necesidad de Linda de romper su amistad con Kerri-Anne, quien había saboteado demasiadas Noches de juegos. Hubo una noche en que Linda tuvo que abandonar la fiesta para sacar a Kerri-Anne de la cárcel después de haber agredido a un conductor de Uber porque el inmigrante iraní no quiso sintonizar el canal favorito de Kerri-Anne: Sirio XM. Y estaba la noche en que Kerri-Anne salió del baño completamente desnuda, animando a todos los demás fiesteros a "disfrutar de la desnudez liberadora". Y cuando nadie obedeció, Kerri-Anne agredió verbalmente a los invitados, llamándolos "cobardes" y "republicanos pichaflojas". Hubo muchos otros infames incidentes similares, todos los cuales Kerri-Anne afirmó no recordar después de la resaca.

Linda le aseguraba continuamente a Gregory que Kerri-Anne nunca le haría daño. Gregory no estaba tan seguro.

Notó el cuchillo de trinchar de treinta centímetros a medio metro de la mano izquierda de la ebria de cuarenta años, y sin mucha sutileza lo deslizó fuera de su alcance.

Linda salió del baño, sin darse cuenta del extraño intercambio entre su amiga y su novio.

El comportamiento de Kerri-Anne cambió de inmediato.

—¿Y esta sustancia pegajosa que tienes en el cabello? —preguntó Kerri-Anne, tambaleándose detrás de Ren, y pasando sus largos dedos a través de sus gruesos mechones oscuros. Había coqueteado así con Ren durante meses. Incluso le había confiado a Linda acerca de sus ligues a altas horas de la noche con Ren, ninguno de los cuales era cierto. Todo era una cortina de humo.

Ren levantó una mano para detener a Kerri-Anne.

—¡Oye! Pasé treinta minutos para arreglarlo. Mantén tus sucios dedos lejos de mi pelo.

Todos rieron. Excepto Kerri-Anne.

—Oh, Ren, eres un bicho raro. ¿Por qué no retomas tu ola de asesinatos?

Kerri-Anne volvió a sentarse en el taburete de la barra; estuvo a punto de caer. Fue Gregory quien la agarró del brazo y la salvó de estrellarse en el suelo.

La "ola de asesinatos" era otra broma corriente entre los asistentes a los juegos. Ren llevaba una vida misteriosa. No tenía pareja, solo un montón "amigas" sin importancia. Era un ingeniero nuclear que pasaba la mayor parte de las semanas en la carretera y regresaba los fines de semana a su hermosa casa moderna de mediados de siglo con vista a las Montañas Rocosas. En una Noche de juegos, alguien preguntó en broma si Ren estaba viajando por los Estados Unidos, acumulando asesinatos en serie.

—Sip, y traeré y enterraré los cadáveres debajo de mi casa —respondía Ren.

Le gustaba tener un aire de misterio así como bromear.

Kerri-Anne, dolida por el rechazo de Ren, abandonó su taburete y se dejó caer en el sofá de la sala, seguía al alcance del oído de los demás invitados a la fiesta. Sacó el móvil de su bolsillo.

—¡Oye, Hank! ¿Por qué no estás en la fiesta? ¿Dónde carajo estás, Hank?

Kerri-Anne terminó el mensaje de voz y arrojó su teléfono en el sofá, sin darse cuenta de que se deslizó entre los cojines. Siempre perdía su teléfono; la búsqueda del iPhone de Kerri-Anne solía ser la actividad final de cada Noche de juegos.

—Vamos a la casa de Hank. Está a la vuelta de la esquina —propuso Kerri-Anne.

—Nadie irá a casa de Hank —afirmó Gregory por todos.

—Nunca responde a la invitación, Kerri-Anne. Ya nunca lo hace. ¿Qué estás haciendo? —preguntó Linda.

—¡Vamos!

Kerri-Anne se puso la chaqueta vaquera y abrió la puerta principal, mirando a los demás.

—Bien, yo iré. Vigilad a Chip.

Chip era el chihuahua de Kerri-Anne, el cual siempre la acompañaba. Nadie estaba interesado en ir a casa de Hank, en especial Gregory. Hank y Linda salieron brevemente antes que Linda conociera a Gregory. La relación terminó de manera amistosa y tanto Hank como Linda siguieron con sus vidas. Linda mantuvo a Hank en la lista de invitados del grupo solo para ser educada, pero Hank nunca más asistió a las Noches de juegos. Kerri-Anne, sin embargo, era experta en crear dificultades. Ni siquiera después de siete margaritas, podía alejar sus intrigantes celos. Sacaba el tema de Hank cada vez que podía, sabiendo que era un tema delicado para Gregory. «Cualquier cosa que sea motivo de discordia entre Linda y Gregory» pensaba.

Las Noches de juegos continuaron; los equipos regresaron a Cartas contra la Humanidad. Pero ahora el juego podía fluir sin problemas sin las interrupciones constantes de Kerri-Anne.

Una brisa fresca sopló desde la puerta, cuando Kerri-Anne volvió a entrar tambaleándose. Se había ido durante cinco minutos.

—Mierda, ¿ya regresaste? —bromeó Ren.

Kerri-Anne lo volteó a ver, cogió el brazo de Linda y tiró de ella hacia el patio trasero.

—Debemos hablar.

La puerta de vidrio se cerró, bloqueando el sonido de la conversación de Kerri-Anne y Linda del resto de los invitados. Gregory prestaba mucha atención a lo que sucedía en el patio. No podía leer los labios, pero era evidente que había un problema.

—Tengo que decirte algo —le susurró Linda a Gregory mientras se deslizaban bajo las sábanas.

La fiesta transcurrió bien después de que Kerri-Anne quedara inconsciente en el sofá, lo que permitió que el resto de los invitados disfrutaran de la velada sin sus interrupciones.

—Bien, ¿qué pasa? —Gregory sabía que Linda estaba a punto de hablar de Kerri-Anne, pero quería mantener la calma.

—Prométeme que no te enfadarás.

—No sé lo que me vas a decir.

—Solo promételo, ¿de acuerdo?

—De acuerdo.

Hubo una larga pausa. Linda contenía las lágrimas.

—Cuando Kerri-Anne me arrastró a la parte de atrás... me dijo que Hank sigue enamorado de mí.

—Oh, ¿Crees que eso es cierto?

—No, para nada. Es ridícula. Hank nunca estuvo enamorado de mí. De hecho, no creo que haya ido a casa de Hank. Regresó aquí dos minutos después de irse.

—Entonces, ¿por qué te diría eso?

—Creo que ambos sabemos por qué.

Gregory esperó a que Linda lo dijera.

—Es tan extraño para mí admitir esto.

Gregory permaneció en silencio.

Linda respiró hondo.

—Bien… está enamorada de mí. ¿Estás feliz? Tenías razón.

El tono de llamada "Purple rain" en el iPhone de Linda sonó por sexta vez. Eran solo las seis de la mañana, pero la fiesta se había prolongado mucho más de lo esperado y Linda no se fue a la cama hasta después de las dos de la mañana. Así que, se colocó tapones en los oídos para ayudar a garantizar al menos siete horas de sueño ininterrumpido. No hubo suerte.

Linda abrió un ojo para ver la hora en su teléfono. Mientras lo hacía, también notó la gran cantidad de llamadas de Juanita, la nueva esposa de Hank. Ni Linda ni ninguno de sus amigos de la fiesta sabían que dos semanas antes, el estado de Juanita cambió de novia a esposa de Hank.

Juanita nunca había llamado a Linda. Linda supo de inmediato que algo andaba mal.

—¿Hola? —Linda se limpió el pegote nocturno de la boca y se aclaró la garganta.

Gregory también había esperado dormir mucho más. Había oído sonar el teléfono, pero trató de volver a dormirse. La conversación de Linda lo mantuvo despierto. Podía escuchar claramente el final de la conversación de Juanita, a pesar de que Linda no activó el altavoz y trató de mantener la voz baja.

—Linda, siento mucho molestarte tan temprano.

—¿Qué te pasa, Juanita?

—Se trata de Hank. Salió anoche a pasear a Mongo, pero nunca volvió a casa. Mongo era el querido *bull mastiff* de diez años de Hank.

—¡Oh, no! ¿A qué hora fue eso?

—Como… alrededor de las tres de la mañana. Mongo estaba arañando la puerta. Escuché a Hank levantarse. Me besó en la frente y dijo que volvería enseguida. Debo haberme vuelto a dormir. Y luego Mongo me despertó con sus ladridos en la puerta. Tenía puesto el arnés y tiraba de la correa, pero Hank no estaba.

—¿Dónde has buscado?

—Primero, fui por el camino donde Hank lleva a Mongo por Harvey Park. Lo llamé y busqué alguna pista.

Juanita era operadora del departamento de policía de Centennial, Colorado, por lo que trataba de pensar como sus compañeros detectives.

—Cuando regresé a casa, noté que Hank no llevó su teléfono. Miré los registros. Tenía tres llamadas sin contestar de Kerri-Anne a las diez de la noche. Y luego un mensaje extraño de ella. Déjame que te lo lea…

—De acuerdo.

Linda se giró para ver si Gregory aún estaba despierto y notó que se había levantado de la cama y estaba en el baño.

—Ella escribió: "¿Por qué no contestas el teléfono, imbécil?"

—Lo siento, Kerri-Anne estaba muy borracha…

—Hay más. "Debemos hablar. Linda sigue enamorada de ti. Nos vemos afuera de tu casa".

—Juanita… no es cierto. No sé…

—No te preocupes Linda. Lo sé. Es una maldita víbora. ¿Por qué crees que dejamos de asistir a tus Noches de juegos? Hank no puede soportar a esa mujer. Pero tengo miedo, ¿Y si le hizo algo?

—Eso no tiene sentido, Juanita. Kerri-Anne tiene sus problemas, pero no tendría motivos para estar enfadada con Hank.

—Tal vez lo estaba esperando afuera de la casa. Tal vez tuvieron una discusión. Es posible, ¿verdad?

—No saquemos conclusiones precipitadas. ¿Has llamado a la policía?

Para Linda era inconcebible que Kerri-Anne lastimara a Hank. Hank era un gran hombre, de al menos 1,80 m y unos ciento cincuenta kilos. Kerri-Anne medía uno setenta y cinco y no pesaba más de sesenta y cinco.

—Hace apenas unos minutos. Enviarán un detective. Voy a mostrarle el mensaje de Kerri-Anne. Sé que es tu mejor amiga, pero es posible que sepa algo.

—Te entiendo, Juanita. Hank aparecerá pronto. Estoy segura de que está bien.

La voz de Juanita se quebró.

—Eso espero. ¿Me informarás si se te ocurre algo?

—Por supuesto.

Gregory tiró de la cadena del inodoro y salió del baño.

—¿Escuchaste?

—Algo. ¿Hank ha desaparecido?

—Juanita sospecha de Kerri-Anne.

Gregory se encogió de hombros e hizo una mueca:

—¿Culpas a Juanita por pensar eso?

Linda rememoró los eventos desde las diez p.m. hasta que el Uber de Kerri-Anne llegó a las dos a.m. Kerri-Anne permaneció dormida en el sofá de la sala de Linda hasta la medianoche, cuando los primeros invitados en irse, las amigas de trabajo de Linda, Laureen y Maureen, se despidieron. Kerri-Anne no se levantó, pero balbuceó: "¡Conducid con cuidado!" cuando la puerta se cerró detrás de ellas.

Linda animó a Kerri-Anne a dormir en el dormitorio de huéspedes. Le dijo que podía pasar la noche, pero

Kerri-Anne insistió en que se iría a casa una vez que recuperara la sobriedad. Linda recordó que Kerri-Anne pasó junto a Gregory mientras caminaba por el pasillo hacia la habitación de huéspedes, se inclinó para susurrarle:

—Eres un hijo de puta afortunado, Greg.

Eso fue a la una y media.

Cuando Ren se fue a casa a las dos de la mañana, Linda llamó a la puerta de la habitación. Kerri-Anne ya estaba despierta, vestida y poniendo a Chip su arnés. Linda le dijo a Kerri-Anne que un Uber estaba en camino. Kerri-Anne abrazó a Linda durante un tiempo incómodamente largo. Linda le ofreció a Kerri-Anne una taza de café mientras esperaban el Uber, que ella rechazó.

Linda verificó dos veces su aplicación Uber y vio que Chike llegó a las 2:08 a. m. para llevar a Kerri-Anne a casa. Chike envió un agradecimiento por la propina del veinte por ciento a las 2:29 a. m.

Eso le dio a Kerri-Anne treinta y un minutos para hacer potencialmente el viaje de quince minutos de regreso a la casa de Hank. Kerri-Anne había tomado un Uber hasta la casa de Linda, por lo que su automóvil seguía en su garaje, y cuando Kerri-Anne llegó a su departamento, estaba lo suficientemente sobria como para conducir.

A Linda le preocupaba que la preocupación de Juanita fuera válida.

Kerri-Anne necesitó todas sus fuerzas para despegarse del piso del baño. Se había pasado la hora anterior vomitando una horrible combinación de tacos de pescado, chile verde y un par de litros de margaritas de fresa.

Kerri-Anne metió la cabeza debajo del grifo del lavabo para enjuagarse un poco la boca. Luego cojeó con el cuerpo desnudo, cinco pasos hasta su cama tamaño *king*, empujó la mayoría de las almohadas al suelo y se dejó caer sobre el edredón nuevo que había comprado con su cheque de indemnización.

Chip subió corriendo los escalones hasta la cama y se trepó al pecho de Kerri-Anne, olfateando el hedor a vómito que emanaba de su boca.

Kerri-Anne empujó a su perrito hacia su estómago, donde Chip se acurrucó.

—Sabes que no puedes quedarte allí toda la noche —dijo Kerri-Anne, jugueteando con las graciosas orejas de su chihuahua.

Chip miró brevemente a su humano como si dijera: "No, tontita. Estaré aquí todo el tiempo que desee".

—¿Qué narices me pasa, Chip? —La mano de Kerri-Anne dejó la cabeza del perro y se enjugó las lágrimas de los ojos—. ¿Qué le ve a Gregory? —Hizo hincapié en

Gregory con el tono más sarcástico posible—. No es rico. Está bien, para un tipo que ronda los sesenta. Le doy un seis punto cinco. Pero Linda es un nueve. Dijo que es bueno en la cama, pero eso comenzará a desvanecerse pronto. Un chico de su edad está destinado a perder la libido. ¿Y su nombre, Chip? ¡¿Gregory?! ¡Qué esnob! ¿Qué tal solo "Greg" como cualquier otro Gregory en el planeta? Él no es... mierda, Chip... ¡no es... como yo!

Kerri-Anne se limpió la lágrima que rodaba por su mejilla.

Justo antes de que sus ojos se cerraran, vislumbró la ropa que colgaba del borde de su cesto. Su cabeza se ladeó un poco al ver una mancha de sangre en las bragas de seda dorada que había usado esa noche. Tenía la esperanza de que Linda pudiera tener la oportunidad de ver su nueva colección de lencería, otra compra que había hecho con el cheque de indemnización.

Mientras daba cabezadas, murmuró:

—¿Cómo carajo llegó esa sangre a mis bragas?

Juanita necesitó todas sus fuerzas para arrastrar a Mongo al patio trasero. La policía al fin había llegado pero no entraría a la casa con un canino de cien kilos que protegía su casa como una leona que cuida a sus cachorros. Incluso después de que el enorme canino se retirara al patio trasero, continuó saltando sobre la valla de hierro forjado de un metro, derribando uno de los largos postes de metal.

—Lo siento por Mongo. Es muy dulce una vez que te conoce —dijo Juanita, manteniendo la puerta mosquitera abierta para los dos detectives. Mongo siguió ladrando durante varios minutos, cada ladrido sacudía la puerta trasera.

—¿Café? —preguntó Juanita—. Acabo de prepararlo.

—Claro, me encantaría un poco. Negro, por favor —declaró la detective Lauren Gabriel.

La detective Gabriel parecía más una modelo que una oficial de policía. Provenía de una de esas familias de "linaje de policías": su papá era policía, al igual que el abuelo y el bisabuelo.

Lauren era la única hija de Raymond y Rae-Lynn Gabriel, por lo que no había hijos que continuaran con la tradición familiar. Raymond Gabriel había recibido un balazo en la espalda diez años antes, de un ladronzuelo que había robado cigarrillos. La bala paralizó parcialmente a Raymond y acabó con su carrera. Fue el día de mayor orgullo en la vida de Raymond cuando su hija Lauren se convirtió en detective a la tierna edad de veintiocho años.

—Yo no quiero —agregó el detective Ned Kranepool, cuyo médico le había ordenado recientemente que redujera drásticamente la cafeína, los lácteos, el alcohol y la nicotina, o se arriesgaría a sufrir un infarto en un año. Un hombre de cuarenta años curtido por la intemperie con un traje marrón demasiado arrugado, Kranepool aparentaba sesenta. A principio, estaba furioso cuando fue asignado con la joven advenediza Lauren Gabriel. Pero después de dos años, había llegado a respetar a la mujer, que tenía algunas de las habilidades más innatas para resolver crímenes que había visto en sus catorce años como policía.

Los detectives se sentaron uno al lado del otro en el sofá negro lleno de caspa. Juanita dejó el platillo sobre la mesa de café improvisada que Hank había ensamblado usando madera contrachapada y ramas gruesas del manzano en su jardín.

—Perdonad por todo el pelaje de perro. —Juanita notó que el pelo se pegaba al traje granate bien planchado de la detective Gabriel—. Traeré una toalla...

—Por favor, señora, no se preocupe por eso. Yo misma tengo tres perros —explicó Gabriel—. Por favor, siéntese. Y gracias por el café. Huele delicioso.

La detective Gabriel sopló el vapor y sorbió. Sonrió e inclinó la taza hacia Juanita. El café estaba delicioso y era justo lo que Gabriel necesitaba tan temprano en la mañana.

Kranepool sacó un anticuado bloc de notas de su chaqueta mientras Gabriel dejaba su iPhone sobre la mesa y presionaba "grabar voz".

—Señora Sanguillén...

—Juanita —corrigió a la detective, haciendo girar su nuevo anillo de bodas como un recordatorio de que recientemente se había convertido en la señora Sanguillén.

La detective Gabriel continuó:

—Juanita, normalmente esperamos al menos veinticuatro horas antes de iniciar el informe de una persona desaparecida. Pero lo que fue diferente en este caso fue el perro.

—¿Mongo?

—Sí, la aparición de Mongo sin su dueño es una situación bastante inusual, especialmente a las tres de la mañana.

—Nos gustaría echar un vistazo a la correa y el arnés de Mongo, si no le importa —solicitó Kranepool.

—Por supuesto. —Juanita se estiró para agarrar la correa del gancho junto a la puerta principal.

—¡Espere! —indicó Gabriel—. Es mejor si no la toca. Puede haber alguna evidencia.

La detective Gabriel se puso de pie y se acercó para examinar la correa.

—Mmm...

—¿Qué hay? —preguntó Juanita.

—No estoy segura. Podría ser una salpicadura de sangre. Podría ser barro. Será mejor que se lo dejemos a los forenses. Ya ha manipulado la correa, por lo que cualquier evidencia que pudiera haber allí podría estar alterada.

—¿Qué hay del perro, detective Gabriel? —preguntó Kranepool.

—Buen punto, Ned. Tendrán que examinar a Mongo también.

La detective Gabriel continuó con su interrogatorio.

—Detesto preguntar esto, y lo siento si parece insensible, pero ¿cómo os llevabais usted y Hank? ¿Alguna discusión o problemas entre ustedes dos? —

Gabriel volvió a sentarse en el sofá lleno de pelos y bebió su café.

—No, lo entiendo. Trabajo como operadora para Centennial P.D., así que sé que tenéis que preguntar. Pero las cosas no podrían ser mejores. Literalmente acabamos de regresar de Maui, nuestra luna de miel.

Juanita mostró su brillante anillo de bodas.

—Oh, qué bonito —respondió Lauren Gabriel. La hermosa detective no tenía deseos de casarse. De hecho, disfrutaba bastante jugueteando en el campo, usuaria frecuente de aplicaciones de citas como Tinder y OKCupid. Ninguno de sus colegas estaba al tanto de su estilo de vida sexual, aunque muchos de los hombres solteros del departamento, y también un par de casados, habían tratado de conocerla mejor, sin suerte. Lauren no escupiría en el plato del que comía.

El detective Kranepool, divorciado en dos ocasiones, no pudo evitar poner los ojos en blanco al ver un nuevo anillo de bodas. Kranepool había pagado recientemente su segundo anillo de bodas, el que su segunda esposa le arrojó al ojo después de una desagradable pelea de borrachos.

—Gracias. —Juanita estaba radiante, recordando su luna de miel llena de sexo. Su sonrisa se desvaneció rápidamente cuando su mente volvió al asunto en cuestión: la desaparición de su esposo—. Hay algo que podría ayudar.

Juanita informó a los detectives sobre los mensajes de texto y la llamada telefónica de Kerri-Anne.

—¿Qué sabe sobre la tal Kerri-Anne? —insistió Kranepool.

—Hank solía ser amistoso con ella.

—¿Amistoso? —intervino Kranepool.

—No es lo que piensa, detective. Él solía socializar con un grupo que se reunía por las noches. Por lo general, en casa de Linda O'Neill. Vive a la vuelta de la esquina. Hank dejó de ir a las fiestas después de que él y yo comenzamos a salir en serio. Yo solo fui a una fiesta. Fue divertida, pero un poco salvaje. No es exactamente lo mío. La más atrevida del grupo era Kerri-Anne, la mejor amiga de Linda. No recuerdo su apellido. Harper... Henderson... algo con una "H". ¡Harmon! Eso es, Harmon. Kerri-Anne es adicta. Bebe mucho. Quiero decir, demasiado. Se cree el alma de la fiesta, pero solo es una bufona. ¡Y pésima, además! Era tremenda con Hank, siempre se burlaba de su peso. Creo que no era de su agrado porque él y Linda salieron. Nunca fue algo serio, pero Kerri-Anne se molestaba mucho cada vez que Hank pasaba tiempo con Linda. Era como si quisiera controlar la vida social de Linda.

—¿Por qué estaba tratando de llevar a Hank a la fiesta de anoche? —preguntó Gabriel.

—No tengo ni idea. Él no ha participado en una Noche de juegos desde hace un año. Tal vez más. Pero ahora Linda tiene un novio serio, así que creo que eso tiene algo que ver.

—¿Por qué? —preguntó el detective Kranepool cuando notó un papel rosa en la mesa de café. Lo levantó mientras escuchaba a Juanita.

—Solo estoy especulando, pero si Kerri-Anne se enfadaba cuando Hank salía con Linda, entonces probablemente perdería la cabeza por lo de Linda y Gregory. —Juanita volvió a llenar la taza de Lauren.

—¿Ese tipo, Greg tiene un apellido? —preguntó Kranepool. Siguió mirando el café, que olía celestial. Fue casi tan difícil para Kranepool dejar la cafeína como lo fue el licor.

—Hmm… no estoy segura. Nunca lo he conocido.

La detective Gabriel le recordó a Juanita que visitara la estación de policía y completara un reporte de persona desaparecida para que la desaparición de Hank pudiera ingresar al sistema.

· · ·

Los detectives, estaban sentados en su Crown Victoria, Gabriel al volante, contemplaban su próximo movimiento. Ya habían contactado a los forenses para que visitaran la casa de Juanita y examinaran a Mongo y su correa en busca de evidencia. Se preguntaban si Mongo permitiría que el equipo forense se le acercara.

—Entonces, ¿visitaremos a Linda O'Neill o a esa chiflada de Kerri-Anne?

—O'Neill está a la vuelta de la esquina, así que esa es la parada número uno —respondió la detective Gabriel, notando la extraña mirada de Kranepool—. ¿Qué? ¿Hay algo en mi cara?

—Aún hueles a ese café. Sabes que estoy tratando de…

—Oh, supéralo, Ned. Es bueno tener un poco de fuerza de voluntad.

Y Lauren hundió su mano en una bolsa de donas Krispy Kreme y engulló una en dos bocados.

—Tienes un poco de azúcar en la mejilla… perra.

A pesar de la diferencia de edad de doce años, Kranepool y Gabriel tenían una relación divertida y disfrutaban burlarse el uno del otro.

5

Kranepool tocó el timbre por tercera vez.

—Puedo escuchar algo ahí dentro. ¿Puedes oírlo?

La detective Gabriel pegó la oreja derecha a la puerta. Levantó una ceja.

—Están follando —sonrió—. Puedo escuchar el cabecero golpeando y a alguien gimiendo.

Kranepool fue del pórtico delantero hacia la ventana, que supuso, era el dormitorio principal. Se asomó.

—¡Ned! No seas pervertido. Volveremos más tarde. Vayamos a buscar a Kerri-Anne.

—¿Se han ido? —le preguntó Linda a Gregory, quien estaba observando cómo los detectives se alejaban, por un pequeño hueco en las persianas del dormitorio.

—Sí, se han ido.

—Creo que abollamos la pared —dijo Linda mientras examinaba el espacio entre la cabecera y la pared, donde la pareja había estado golpeando el marco de la cama de roble mientras fingían gemidos de pasión.

—¿Explícame por qué no querríamos hablar con la policía? —preguntó Gregory, palpando la abolladura.

—Nos van a hacer todas esas preguntas que no estamos listos para responder.

—¿Como cuál?

—Como… ¿por qué Kerri-Anne fue a casa de Hank anoche? Y… ¿cuál era su estado de ánimo? No quiero arrojar a mi amiga a los lobos.

Gregory estaba escuchando a Linda, aunque había ido a la cocina a preparar un poco de café para la pareja. Regresó con dos tazas humeantes.

—Gracias. Lo necesito —dijo Linda, oliendo el brebaje recién hecho antes de tomar un pequeño sorbo.

Mientras miraba el daño a la pared, Gregory sonrió.

—Oye, como ya hicimos esta abolladura, bien podríamos azotar la cabecera otra vez. Esta vez sin ropa.

—Presta atención a las circunstancias, mi ingenioso estrella porno. Estoy demasiado estresada para tener sexo en este momento.

—¿Oyes eso? —Kranepool sonrió disimuladamente a la detective Gabriel, con la oreja pegada a la puerta principal de Kerri-Anne—. Esta también está teniendo sexo.

Lauren se cruzó de brazos e hizo una mueca burlona.

—Esos no son gemidos de pasión, pervertido.

—¡Por supuesto que sí! —respondió Kranepool—. Solo escucha.

—Está vomitando, idiota. Deberías conocer ese sonido… bastante bien.

La detective Gabriel se paró frente a su compañero y llamó con fuerza a la puerta. Chip, el chihuahua, se puso en modo guardián e intentó atravesar la puerta con sus diminutas garras.

—Malditos chihuahuas —se quejó Kranepool por los ladridos del perro—. Hijos de la gran puta. Prefiero enfrentar el monstruoso perro de Juanita.

La detective Gabriel golpeó la puerta con el puño cinco veces más.

—¡Señorita, sabemos que está ahí! ¡Podemos oírla vomitar!

La puerta se abrió lentamente, revelando a una mujer que contenía a un pequeño perro. La fémina había visto días mejores. Su cabello tenía algo de vómito. El maquillaje de sus ojos se había corrido tanto que parecía haber peleado con Mike Tyson.

Kranepool levantó su placa.

—Detectives Kranepool y Gabriel, Policía Metropolitana de Denver. ¿Podemos hablar?

—¿De qué se trata, detectives? —Kerri-Anne soltó un eructo que apestaba como una cloaca, lo que obligó a ambos detectives a alejarse del hedor.

—Solo unos minutos de su tiempo, señorita. Podemos entrar, por favor —preguntó Gabriel cortésmente.

—Ummm, seguro. —Kerri-Anne acompañó al dúo a su apartamento, uno de dos dormitorios que normalmente mantenía ordenado—. Disculpad el desorden —agregó, mientras recogía montones de ropa del sofá, con Chip en un brazo—. Tomad asiento, por favor.

Kerri-Anne lanzó la pila de ropa encima de la lavadora y volvió a la sala de estar. Chip comenzó a retorcerse.

—Dadme un segundo. Arrojaré a Chip al dormitorio. No siempre es amigable.

Mientras esperaban su regreso, Kranepool y Gabriel observaron el apartamento. Tomaron notas mentales de las numerosas fotos colgadas en las paredes y encima de la repisa y la barra de desayuno de Kerri-Anne con otra mujer.

Kranepool se puso de pie y se acercó a la barra para ver mejor. Cuando Kerri-Anne regresó a la sala, se ajustó el cinturón de la bata y se acomodó en su sillón reclinable color canela. Kranepool preguntó:

—¿Esta es su hermana?

—¿Eh? —preguntó Kerri-Anne, tirando de su cabello enmarañado en una cola de caballo.

—Todas estas fotos. La señora que está con usted.

—Ahh, es mejor hermana que mi verdadera hermana. Es mi mejor amiga.

—¿La mejor amiga tiene un nombre? —cuestionó la detective Gabriel.

—Sabe, no quiero ser grosera, pero aún no me habéis dicho por qué estáis aquí.

—Tiene razón, señorita… Harmon, ¿verdad?

—Sí. Kerri-Anne Harmon. Ha sido mi nombre toda la vida.

La resaca de Kerri-Anne había desaparecido gracias al estrés de tener a dos detectives sentados en su casa.

—¿Conoce a Hank Sanguillén? —preguntó Kranepool. Luego tocó las fotos de Kerri-Anne y Linda y volvió a sentarse en la sala.

—Claro, conozco a Hank. ¿Por qué?

—¿Cuándo fue la última vez que vio al señor Sanguillén? —preguntó Gabriel.

—Eh… no lo sé. Hace unos meses… tal vez más. ¿Por qué? ¿Está bien?

—Ha desaparecido.

—¿Desaparecido? ¿Qué quiere decir con desaparecido?

—Desaparecido, ya que nadie conoce su paradero —explicó Kranepool—. Su esposa dice que salió a pasear al perro a las tres de la mañana y esa fue la última vez que lo vio.

—¡Un momento! ¿Esposa? Hank no está casado.

—Oh, sí que lo está. Vi el anillo de bodas, las fotos de la luna de miel y el gran retrato de bodas en la pared. Definitivamente está casado.

Kranepool miró fijamente a Kerri-Anne. Sabía que estaba mintiendo y quería valorar su reacción.

Kerri-Anne agarró un mechón de cabello y comenzó a retorcerlo, una señal reveladora de una mentira.

—Estuvisteis en casa de Hank?

—Sí, la casa de Hank y Juanita Sanguillén —respondió la detective Gabriel con aire de suficiencia—. Ella parece encantadora.

—Yo, eh, no la conozco muy bien.

—Es gracioso —continuó Lauren—, porque ella te conoce. ¿Cómo crees que obtuvimos tu nombre?

Kerri-Anne se encogió de hombros. Los detectives esperaron algún tipo de respuesta.

—Está bien, pero ¿por qué pensaríais que tengo algo que ver con la desaparición de Hank?

Kranepool sacó el bloc de notas de su bolsillo trasero y pasó a la última página. Leyó:

—¿Por qué no contestas el teléfono, imbécil? Debemos hablar. Linda sigue enamorada de ti. Nos vemos afuera de tu casa.

Kerri-Anne se retorció el pelo con más fuerza.

—¿Qué es eso?

Kranepool cerró su bloc de notas y deslizó su lápiz detrás de su oreja, al estilo de la vieja escuela.

—Los mensajes de texto que le enviaste al señor Sanguillén anoche. ¿Te importaría explicar?

—¡Bien! Es solo una broma. Hank y yo somos de Nueva Jersey. Nos hacemos pasar un mal rato. Ya sabe, cosas como: "los Gigantes apestan; no, los Jets apestan". Todo es bien intencionado.

—Señorita Harmon... también hubo tres llamadas telefónicas que le hizo al señor Sanguillén a las diez de la noche. Parece que quería atrapar al hombre desesperadamente. Esto no parece una broma bien intencionada, ¿o sí? La detective Gabriel vio una gota de sudor correr por la sien de Kerri-Anne.

—Detectives, lo lamento —Kerri-Anne respiró hondo dos veces—. Me siento un poco ma...

—¡Dios! —gritó el detective Kranepool y saltó de su asiento al sentir que algo le subía por la pernera del pantalón.

—Lo siento mucho. Es Linny la iguana.

Kerri-Anne quitó al reptil del detective y lo volvió a colocar en su terrario. Tan pronto como encendió la lámpara de calor, Kerri-Anne sintió que una oleada de vómito subía por su garganta. Corrió al baño y se lanzó al inodoro.

—Mierda —le susurró la detective Gabriel a Kranepool—. ¡Vaya espectáculo! No vamos a llegar a ninguna parte con ella en esta condición. Cuando salga, hagamos que vaya a la estación cuando se sienta mejor.

—¿Por qué? Por lo que sabemos, Sanguillén está bien. Tal vez se está tirando a otra mujer y se quedó dormido en su casa. Mierda, ni siquiera ha pasado un día.

Gabriel asintió.

6

Gregory se balanceaba peligrosamente del peldaño superior de la escalera, hundiendo su brazo cubierto con un guante en la canaleta de lluvia. Le había prometido a Linda que limpiaría los canalones antes de que regresara de su almuerzo con Kerri-Anne.

Una voz gritó desde el otro lado de la valla vecina:

—¡¿Te hace limpiar las canaletas?!

Sobresaltado, Gregory se giró rápidamente, y casi perdió el equilibrio; una mirada de pánico apareció en su rostro mientras miraba hacia abajo, a la caída de cuatro metros al suelo. Gregory alcanzó el borde de la canaleta de lluvia, y apenas se agarró para recuperar el equilibrio.

—¡Oh, mierda! Lo siento, amigo. No era mi intención asustarte.

Ren comenzó a acercarse a Gregory, sonriendo con suficiencia al ver a su amigo luchando para evitar una caída en los rosales.

Gregory bajó de la escalera y arrojó un puñado de hojas podridas en el barril de abono.

—Más suerte la próxima vez, ¿eh? —bromeó Ren.

—¿Qué significa eso?

—Ah, no importa. No dejes que nada te impida realizar tus tareas domésticas.

—De todos modos, es hora de un descanso —dijo Gregory, limpiándose el sudor de la frente; se preguntaba si Ren trató de asustarlo para que cayera de la escalera. El tipo tenía un pésimo sentido del humor.

Ren le pasó a Gregory una Samuel Adams fría. Entrechocaron las botellas y tomaron un trago refrescante. Gregory se olvidó rápidamente del susto.

—Pobre Hank, ¿no?

—¡No me jodas! —Gregory acompañó a Ren hacia el patio sombreado, donde los dos amigos comenzaron a especular.

—Escuché que estaba bastante desfigurado.

—Sí, pobre Juanita. No lo está pasando nada bien. Tuvo que identificarlo.

—Dicen que tal vez fue un ataque de un puma.

—No había oído eso —respondió Gregory con un eructo—. Puma, ¿eh? No tiene sentido.

—¿Por qué no?

—Mongo. Escuché que el perro estaba bien. Si fuera un puma, Mongo también habría sufrido algunos daños.

—Tal vez —respondió Ren—. O tal vez Mongo huyó. Hank no era un velocista. No podría correr más rápido que un puma.

Gregory negó con la cabeza.

—No, ese perro habría protegido a su amo.

—¿Y la otra teoría?

—¿Te refieres a …?

—Escuché que la policía la ha estado interrogando.

El sonido del Jeep Cherokee de Linda estacionándose en la entrada interrumpió la conversación.

—Linda y Kerri-Anne acaban de comprar sushi. Linda intenta ayudar a Kerri-Anne para que deje de pensar en el asunto de Hank, así que no...

—No hay problema. ¡No diré ni una palabra!

Ren simuló sellar sus labios.

—Veo que estás trabajando duro en las canaletas —bromeó Linda.

—Ya casi termino. Ren vino con una cerveza, así que tuve que tomarme un descanso.

—¿Qué tal, Ren? —farfulló Kerri-Anne mientras se abrazaban. Ren podía oler el sake en su aliento—. ¿Ayudarás a este vejestorio con las canaletas de lluvia?

—¡Joder, no! Lo hará él.

—Espero que no se lastime al subir esa gran escalera —bromeó Kerri-Anne, sonriendo a Gregory—. Ya sabes, sus huesos son débiles y quebradizos.

—La misma Kerri-Anne de siempre. ¿No crees que no es el mejor momento para fastidiar? —replicó Gregory.

Kerri-Anne espetó:

—¡¿Qué?! ¿Vas a mencionar a Hank? Nadie hablaba de Hank. ¿Por qué echas leña al fuego, Gregory?

—¿Qué tal si te llevo a casa, Kerri-Anne? —intervino Linda. Se volvió hacia Gregory y articuló:—. Bebió demasiado sake.

—¡Detesto muchísimo a Ren! —exclamó Kerri-Anne, mirando por la ventana del lado del pasajero de regreso a su apartamento.

—¿Y eso por qué? —preguntó Linda, notando el rostro sombrío de Kerri-Anne reflejado en la ventana de su auto.

—Me usa. Me usó en la fiesta la otra noche.

—No lo entiendo. ¿Cómo te usó?

—Ya te lo dije. En el baño. ¿El rapidito?

Linda quedó estupefacta. Esta era la primera vez que escuchaba sobre un rapidito que supuestamente había tenido lugar en la Noche de juegos. Detenida en un semáforo en rojo, Linda miró fijamente a su amiga, pero Kerri-Anne seguía mirando por la ventana.

—Lo lamento. ¿Tú y Ren se echaron un polvito en mi casa esa noche?

—El hijo de puta estaba tan drogado que me llamó Linda mientras me follaba. No finjas que no te diste cuenta. Derribamos un montón de cosas del estante del baño.

Pero Linda no se había dado cuenta. Nadie se había dado cuenta. De hecho, Linda se preguntaba si Kerri-Anne estaría inventando todo esto. Después de todo, Kerri-Anne estaba borracha, «tan borracha que podría haber imaginado el rapidito» pensó Linda.

Kerri-Anne había evocado una relación continua de follamigos entre ella y Ren. El hecho era que solo tuvieron sexo una vez, hace un año, luego de una noche de ingerir alucinógenos cuando Kerri-Anne había seguido a Ren a casa después de la Noche de juegos. El incidente fue tan irrelevante que Ren lo había olvidado por completo. Pero la mente insegura de Kerri-Anne no podía aceptar el hecho de que Ren no tenía sentimientos románticos por ella. Así que esa cita sin incidentes se convirtió en una relación secreta y apasionante que solo Kerri-Anne conocía. Y ahora estaba a punto de revelarle todo a Linda.

—Te he contado de Ren y de mí. Hemos hablado de eso varias veces.

—Umm, creo que lo recordaría.

—¡Por Dios!, el tipo me manosea en cada Noche de juegos. ¿No te has dado cuenta?

Linda negó con la cabeza ante esa gran mentira.

—Ren está...

—Oh, vamos. Todos pueden ver la tensión sexual.

—¿Entre tú y Ren?

El semáforo se puso en verde y Linda siguió adelante, tratando de concentrarse en la carretera mientras escuchaba la historia descabellada de Kerri-Anne.

—¿Cuánto tiempo ha estado sucediendo esto? —Linda le siguió la corriente.

—Meses. Tal vez dos años. Algo así. Casi todas las Noches de juegos vuelvo a casa de Ren para tener sexo.

—Pero ha traído compañía a las Noches de juegos varias veces. Shelley... y Brenda...

—Una fachada.

—Me parecían reales. A Shelley le gustaba mucho...

Linda dejó de discutir con Kerri-Anne. Estaba segura de que la relación con Ren era imaginaria, una cortina de humo para engañarla, un intento de convencer a su amiga de que era heterosexual. Linda no quería acabar con las ilusiones de Kerri-Anne. Aunque estaba un poco asustada. Kerri-Anne parecía creerse su mentira. Y así era. De hecho, Kerri-Anne se había convencido a sí misma de que tuvo sexo con Ren en la Noche de juegos más reciente y que Ren era la causa de las salpicaduras de sangre en sus bragas. Aunque no estaba segura de cómo se transfirió la sangre de Ren a la región exterior de su ropa interior. Estaba demasiado borracha para recordar si ella y Ren se habían echado un rapidito en el baño de Linda, pero cuando uno está completamente borracho, el límite entre la realidad y la ficción no es muy claro. Kerri-Anne sabía que su forma de beber estaba fuera de control. Y sabía que había incidentes que habían ocurrido durante sus lagunas que no querría recordar.

Kerri-Anne no recordaba haber asesinado a Hank. Pero ¿era posible? ¿Se apoderó de ella una furia horrible en la Noche de Juegos?

Kerri-Anne nunca sabría la verdad de la sangre en sus bragas. Pero la verdad era muy sencilla. La verdad era que Kerri-Anne y Ren se echaron un polvito en el baño esa noche, sin que los demás invitados lo supieran. Era la segunda cita sexual sin incidentes entre Kerri-Anne y Ren. A la Kerri-Anne ebria no le importaba si sus parejas sexuales eran hombres o mujeres.

Y la verdad es que Kerri-Anne también hizo sus necesidades en el patio trasero de Linda mientras tomaba un descanso para fumar un cigarrillo. Mientras se inclinaba, regando el rosal en la oscuridad, una espina le rasguñó la mejilla. Estaba demasiado borracha para sentir la pequeña incisión. Después de todo, la sangre era de Kerri-Anne.

7

Los detectives Gabriel y Kranepool miraban fijamente el gran monitor donde los investigadores intentaban reconstruir los detalles del crimen. En él había imágenes de Hank Sanguillén en la parte superior de la pirámide, con fotos de Kerri-Anne, Juanita, Mongo y un puma debajo, etiquetados como "sospechosos". La fila inferior de la pirámide estaba etiquetada como "otros invitados a la fiesta" con fotos de Gregory, Linda, Ren y varios otros.

—Sé que parece descabellado —comenzó Ned—, pero no sé si deberíamos descartar el suicidio.

Lauren lo miró despectivamente.

—Sí, es descabellado.

—No, no, no. Escúchame —continuó Kranepool—. Pretende sacar a pasear a Mongo, pero deja al perro en la entrada o cerca de la casa, sabiendo que eventualmente Juanita lo verá. Y luego Sanguillén camina hacia el río y se quita la vida.

—Viste al tipo, ¿verdad? El pobre hombre fue destrozado.

—Cierto. Tal vez un puma u otro animal se apoderó de él después de su muerte.

—Sigue siendo descabellado, Ned —Lauren negó con la cabeza.

—¿Por qué?

—El tipo se acaba de casar. Viste el gran diamante en la mano de Juanita. Pasaron una luna de miel increíble. Ella estaba radiante. ¿Por qué se suicidaría?

—Tal vez aún tenía sentimientos por Linda. Quizá Kerri-Anne tenía razón después de todo.

El detective Kranepool sacó un papel rosa del bolsillo de su chaqueta.

—Y tal vez por eso se suicidó.

Ned alisó la hoja de papel sobre el escritorio.

—¿Qué es eso? —preguntó la detective Gabriel.

—Ahh, el viejo Ned Kranepool hizo un poco más de investigación. —Ned parecía orgulloso de sí mismo—. Es una rescisión de contrato. Lo recogí en casa de los Sanguillén cuando interrogábamos a Juanita. Hank Sanguillen fue despedido de su trabajo en Xcel Energy. Parece que Hank tenía un problema de asistencia, y a los operarios eléctricos no se les permite drogarse en el trabajo.

La detective Gabriel recogió la nota rosa para examinarla.

—Está fechado el cinco de septiembre. El día que murió.

8

Cayó una lluvia constante durante el funeral de Hank Sanguillén, pero eso no impidió que casi doscientos dolientes rindieran homenaje al hombre asesinado en la flor de la vida, a los cuarenta y tres años. Era un ataúd cerrado. El director de la funeraria no pudo hacer suficiente magia para que el cuerpo destrozado de Hank pareciera algo normal.

Los invitados de las Noches de juegos asistieron al funeral: Linda, Gregory, Ren, Laureen, Maureen y Kerri-Anne. Muchos de los antiguos compañeros de trabajo de Hank presentaron sus respetos. Hank provenía de una gran familia, siete hermanos y hermanas, y todos asistieron, así como los padres de Hank, Henry y Martha, quien estaba casi catatónica. Juanita sollozó durante toda la ceremonia. El hermano de Hank, Ramone, pronunció un elogio emotivo y conmovedor.

Los detectives Lauren Gabriel y Ned Kranepool estaban en su Crown Victoria, examinando cuidadosamente a los asistentes a cien metros de distancia.

—Mírala. Ni siquiera está prestando atención al elogio —dijo con desdén el detective Kranepool mientras miraba con los binoculares.

—Déjame ver. —Lauren le quitó los binoculares a su compañero.

Kranepool tenía razón. Kerri-Anne estaba ocupada tratando de coquetear con Ren, cuyo lenguaje corporal dejaba en claro que no quería tener nada que ver con las travesuras de Kerri-Anne. Era evidente que estaba borracha.

—¡No hay puto decoro! —espetó la detective Gabriel—. Tiene la mano en el trasero de ese tipo.

—Se llama Renaldo DeJesús —aclaró Kranepool—. El vecino de Linda. El tipo al que Kerri-Anne supuestamente se está follando.

—Está enfadado. Deberías ver su cara. No quiere nada con Kerri-Anne.

Ren agarró la muñeca de Kerri-Anne y la quitó de su trasero. Luego cambió de asiento con Gregory, lo que molestó muchísimo a Kerri-Anne. La mirada furiosa que le lanzó a Gregory era indescriptible, pero nadie se dio cuenta, o tal vez nadie quiso prestarle atención a Kerri-Anne por ser tan irrespetuosa cuando Hank Sanguillén era enterrado.

Linda decidió hacer algo con el comportamiento de su amiga. Intentó pasar desapercibida, pero se paró y pasó detrás de Kerri-Anne, susurrándole algo al oído. Sin duda estaba reprendiendo a su amiga ebria por sus escandalosas bufonadas. Kerri-Anne, tratando de disculparse con Linda, se retorció e inclinó la silla hacia atrás para abrazar a su amiga. La pata de la silla se deslizó en el lodo y Linda tuvo que salvar a su amiga para que no cayera al fango. A pesar de una serie de miradas desagradables y "shhhhhh", el funeral continuó, sin que Kerri-Anne lo interrumpiera.

—¿Quién va a un funeral tan borracho? —preguntó Ned retóricamente.

—Alguien que se siente culpable y quiere enmascararlo.

—Insisto en que...

—Insisto en que no estoy de acuerdo. El tipo fue asesinado, y el asesino está justo frente a nuestras narices.

La detective Gabriel enfocó los binoculares mientras se concentraba en algo interesante.

—¡Bueno, qué hija de puta!

—¿Qué?

Lauren bajó la ventanilla del lado del conductor y se asomó a la lluvia, enfocando aún más los binoculares.

—¿Qué pasa? No puedo ver nada.

Kranepool trató de inclinarse sobre el hombro de su compañera para mirar mejor.

—Ya las guardó.

—¿Guardó qué?

—Linda O'Neill... acaba de deslizar unas bragas en el bolsillo de Kerri-Anne.

—¿Estás segura? ¿Bragas?

—No estoy cien por ciento segura. Es difícil ver con la lluvia. Pero definitivamente era una pequeña prenda blanca, y no quería que nadie la viera.

9

Era miércoles. Eso significaba algo especial para Kerri-Anne. Era su "Día de Costco", el día en que ella y Linda gastarían una cantidad desmesurada de tiempo y dinero paseando por la megatienda, comprando varios artículos innecesarios.

El miércoles también era el día en que Gregory tenía que trabajar desde su oficina en el centro. Normalmente trabajaba desde casa, pero el miércoles Kerri-Anne y Linda tendrían la casa para ellas solas hasta que Gregory regresara del trabajo. Linda podía hacer malabarismos con su programa de terapia para que su lista de clientes del miércoles fuera pequeña. Ella y Kerri-Anne se reunían en Costco a las 11:00 a.m., compraban a gusto, comían una gran porción de pizza y luego se iban a casa de Linda, donde se excedían con un par de botellas de vino que acababan de comprar.

Era el día favorito de Kerri-Anne. Era el único día en que la gerente de recursos humanos desempleada no se preocupaba por su estado laboral. Aún le quedaba algo de dinero de su indemnización por despido y, a menudo, Linda le pagaba las compras de Costco.

Linda y Kerri-Anne acababan de vaciar su segunda botella de Garzon Tannat Reserva. Era hora de divertirse.

—Alexa —gritó Kerri-Anne—, ¡toca música *dance* de los 80!

—Reproduciendo aleatoriamente las cien mejores canciones *dance* de la década de 1980 —respondió Alexa mientras I Wanna Dance with Somebody de Whitney Houston comenzaba.

—¡Alexa, más fuerte! —exigió Kerri-Anne.

Linda levantó su copa de vino.

—Por Hank.

Kerri-Anne no correspondió al brindis.

—¿Quieres arruinar el estado de ánimo?

—Vamos, Kerri-Anne. Sé que ustedes dos tuvieron sus problemas, pero presentemos nuestros respetos.

—Esos policías creen que yo lo maté.

—Ya te habrían arrestado —respondió Linda.

Kerri-Anne entrechocó las copas a regañadientes.

—De acuerdo... por Hank.

Sosteniendo los restos de la botella de vino en el aire, Kerri-Anne se contoneó seductoramente alrededor de Linda, mientras Linda sacudía sus considerables "recursos" en dirección a Kerri-Anne, ambas damas cantando junto con Whitney.

Linda abrió una botella de Kirkland Prosecco mientras el asistente personal virtual reproducía Push It de Salt-N-Pepa. Cuando comenzó I'm So Excited de The Pointer Sisters, Linda y Kerri-Anne estaban arrojando la ropa al suelo. Estaban completamente desnudas al final de When Doves Cry de Prince.

Las luces del coche de Gregory brillaron a través de la ventana del dormitorio de Linda, sorprendiendo a las amantes secretas, quienes se sentaron rápidamente en la cama, con el aspecto de haber pasado las tres horas anteriores en una orgía obscena.

—¡Joder, Gregory ha llegado!

Kerri-Anne corrió por la casa de Linda, recogiendo

su ropa. Corrió al baño para arreglarse mientras Linda pateaba su ropa debajo de la cama y se envolvía en su bata más abrigadora.

El inconfundible aroma a licor llenaba el hogar. Gregory conocía ese olor.

10

Los detectives Kranepool y Gabriel esperaban frente a la puerta del departamento de Kerri-Anne. Kranepool miró su reloj.

—Son las ocho de la mañana de un domingo. ¿Dónde estará?

—¿Oyes eso? —le preguntó a su compañero la detective Gabriel.

—No escucho nada.

—Exacto. Hemos estado llamando y tocando el timbre durante cinco minutos, y no hay ladridos. El pequeño Chip estaría haciendo un gran escándalo.

—Tal vez está paseando al perro.

La detective Gabriel trató de mirar por la ventana, pero las persianas estaban cerradas.

El detective Kranepool miró el pequeño patio. Donde antes había una parrilla Hibachi, una cama para perros y una letanía de juguetes para perros, ahora no había nada. El patio había sido limpiado por completo.

—Oye, Lauren… se ha ido.

La detective Gabriel asintió.

Los detectives convencieron al superintendente para que abriera el apartamento de Kerri-Anne, y descubrieron un apartamento completamente vacío.

—Parece vacío —comentó el superintendente del edificio, Franz Cruz.

Kranepool puso los ojos en blanco ante la obvia observación.

—¿Dices que no dio aviso? —cuestionó la detective Gabriel.

—No, no dio aviso.

—No fue desalojada, ¿verdad? —preguntó Gabriel.

—No, yo lo sabría. La señorita Harmon siempre paga el alquiler a tiempo. No tengo quejas, excepto por los ladridos del perro.

—¿Y no notaste un camión de mudanza? —preguntó Kranepool.

—Trabajo hasta las siete. Tal vez se mudó en medio de la noche —especuló Cruz.

—Podemos preguntarle a algunos vecinos —dijo Kranepool a su compañera.

—¿Sigues pensando que Sanguillén se suicidó? —le preguntó a Kranepool, dándole su mejor mirada de "sabelotodo".

—Será mejor que hablemos con esos amigos de las Noche de juegos —dijo Kranepool—. Probablemente sabrán más que los vecinos de Harmon.

Gregory y Linda no podían evitar a los detectives por más tiempo. Kranepool y Gabriel se sentaron en la sala de estar de la pareja mientras Linda se paraba frente a la Keurig, esperando el café de Kranepool.

—Gracias por recibirnos —dijo la detective Gabriel—. Hemos estado tratando de hablar con ustedes. Sois personas difíciles de localizar.

Linda le entregó al detective Kranepool su café solo.

—Gracias —Ned dejó la taza en la mesa de café—. Huele bien.

—Sabor "ponche de huevo" —respondió Linda.

Ned tomó un sorbo y le dio al café su aprobación.

—Fue algo horrible lo que le sucedió a Hank Sanguillén —dijo Gregory, afirmando lo obvio.

—La verdad ese no es el motivo de nuestra visita —respondió la detective Gabriel.

Linda y Gregory parecían confundidos.

—Kerri-Anne Harmon.... comenzó la detective Gabriel—, ¿alguna idea de dónde está?

Linda seguía confundida.

—No estoy segura de lo que quiere decir.

—Desapareció —dijo Kranepool.

—¿Desapareció? —Linda estaba más confundida.

—Su apartamento ha sido limpiado. Está vacío —continuó Kranepool—. Ni siquiera dio aviso. No hay dirección de reenvío registrada en la oficina de correos.

—Eso no puede ser —dijo Linda—. La vi hace un par de días. Fuimos a Costco. Nunca dijo nada sobre mudarse.

Gregory miró a Linda con curiosidad. La pareja no había hablado de los tejemanejes entre Linda y Kerri-Anne, pero Gregory se preguntó si Linda sabría más de lo que decía sobre la desaparición.

Los detectives también sospechaban.

—Parece bastante extraño que no te dijera nada —La detective Gabriel miraba directamente a Linda.

—¿A mí? ¿Por qué a mí?

—Vamos, sabemos que ustedes dos son muy amigas —dijo Gabriel, sonando más enfadada.

Gregory le dio a Linda otra mirada de reproche, que Linda no notó.

—Mire, no tengo ni idea de dónde está Kerri-Anne. Incluso respondió a la invitación de texto de mi grupo para la Noche de juegos de hoy.

—¿Te importa si echamos un vistazo a ese chat grupal? —preguntó Kranepool.

Linda dudó por un momento, pero luego cogió su teléfono del mostrador de la cocina, buscó el chat y le entregó el móvil al detective.

Lauren Gabriel contuvo el impulso de hacer clic en el teléfono de Linda para revisar chats adicionales, especialmente aquellos entre Linda y Kerri-Anne. Pero sabía que tendría que obtener permiso para acceder a esos chats secretos. La detective Gabriel leyó las bromas grupales sobre las Noches de juegos, que incluían una larga serie de recuerdos tristes sobre Hank Sanguillén, así como algunos memes divertidos y comentarios ingeniosos. No había nada incriminatorio, y nada que indicara que Linda sabía que Kerri-Anne se iría de la ciudad.

—Voy a preguntar, aunque probablemente sepa tu respuesta... pero... ¿hay alguna posibilidad de que pueda ver tus conversaciones individuales con Kerri-Anne? —La detective Gabriel creía que era una posibilidad remota, pero valía la pena preguntar.

—Le digo, detective Gabriel, que no encontrará nada en mi teléfono, ni en ninguna parte, sobre la mudanza de Kerri-Anne.

—Puedo obtener una orden para los registros telefónicos.

El detective Kranepool sorbió su café, sus ojos iban y venían entre Linda y Gregory, tratando de evaluar su lenguaje corporal y sus expresiones faciales.

—¿Qué tienes que esconder, cariño? —intervino Gregory, provocando una mirada desagradable de su pareja. Pero Gregory era un hombre inteligente. Supuso que los detectives podrían ver algunos comentarios coquetos entre Linda y Kerri-Anne, pero poco más. Y creía que era mejor eliminar cualquier sospecha innecesaria que los detectives pudieran tener con respecto a Linda.

Linda no estaba de acuerdo.

—Supongo que tendrá que obtener una orden judicial, detective. Y créame, no tengo ni idea de adónde fue Kerri-Anne.

11

La teniente Pippa Cannone entró en la sala de operaciones con una caja rosa de donas Krispy Kreme. Dejó las golosinas sobre la mesa y abrió la tapa, burlándose del detective Kranepool, quien se había apegado firmemente a su dieta.

—¡Eres una idiota! —espetó Kranepool, negándose incluso a darse la vuelta para ver las donas.

La detective Gabriel, por otro lado, no tuvo reparos en arrebatarle tres golosinas azucaradas, metiéndose una dona entera en su boca antes de volver a sentarse.

—¡Gracias, teniente! —murmuró Lauren, las migas se derramaban de su boca.

—Sabes, Gabriel, algunos de estos chicos piensan que eres atractiva. No tienen idea de lo cerda que eres —bromeó Kranepool a su compañera, quien le sonrió; los restos de donas rezumaban de sus dientes perfectos.

—Bien, ¿qué tenemos aquí? —La teniente Cannone se puso cómoda, mirando las imágenes de los implicados en el misterio del asesinato de Sanguillén.

Pippa Cannone era una emigrante siciliana cuya familia se mudó a los Estados Unidos cuando era una adolescente. Aún hablaba con un ligero acento italiano. La divorciada de cincuenta y dos años, pequeña y de pelo negro azabache, fue admirada por todos los que sirvieron bajo su mando durante la última década desde que ascendió al puesto de teniente. Era una líder brutalmente honesta que tenía instintos innatos para resolver crímenes.

Kranepool explicó, mientras dirigía un puntero láser a la pared.

—Tenemos un Henry "Hank" Sanguillén, fallecido. Su esposa, Juanita, lo reportó como desaparecido después de que Sanguillén sacara a pasear a Mongo, su colosal perro, a las tres de la mañana y nunca regresara.

—¿La esposa es sospechosa?

—Negativo —respondió Gabriel—. Recién casados, muy enamorados.

—Bien, continúa...

—Tenemos el clan de las Noches de juegos, dirigido por Kerri-Anne Harmon.

—¿Ella es la que se ausentó sin permiso?

—Se la trago la tierra —bromeó el detective Kranepool.

—¿Eso la convierte en la principal sospechosa?

—Tal vez. También está Linda O'Neill, anfitriona de las Noches de juegos, la mejor amiga de Harmon y, según los mensajes de texto que acabamos de recibir, O'Neill y Harmon son más parecidas a amigas con derechos.

—Sanguillén parece un gigante. ¿Cómo podría cualquiera de estas delgadas mujeres haber dominado a ese tipo?

—Podrían haber sido ambas. No descartamos un cómplice —señaló la detective Gabriel.

—¿Y el motivo?

—Celos. Triángulo amoroso. Todos conectados a Linda O'Neill. Parece que todos los sospechosos y las víctimas tienen o tuvieron alguna conexión romántica con O'Neill —agregó Kranepool.

—Entonces, ¿por qué O'Neill sería sospechosa? Todos aman a Linda, ¿no?

—Tal vez una discusión —respondió la detective Gabriel—. Tal vez Sanguillén estaba a punto de irse de la lengua con el nuevo novio de Linda. Es una posibilidad remota, pero no podemos descartarla.

—¿Alguna otra teoría?

Lauren Gabriel miró a su compañero.

—Ned tiene algunas teorías —dijo con una ceja levantada.

—Sí, teniente. Mi socia escéptica no está de acuerdo, pero Sanguillén acababa de ser despedido de su trabajo. Y aunque acababa de casarse, sus mensajes indican que aún sentía algo por O'Neill. Así que...

—¿Suicidio? —especuló la teniente Cannone.

—Exacto.

—Pero no hay nota ni ninguna otra prueba de que sea un suicidio —agregó Gabriel—. La causa de la muerte fue una profunda herida punzante en el pecho, que podría haber sido causada por una serie de cosas, tal vez un atizador de chimenea...

—Y —interrumpió Kranepool—, tal vez la garra de un puma.

—Otra teoría de Ned Kranepool, supongo.

—Lo encontraron en el bosque cerca del río Platte. Muchos animales salvajes deambulan por esos terrenos en medio de la noche. Y fue severamente mutilado. Claramente, algunos animales le hicieron daño al pobre.

—Eso probablemente sucedió después de la muerte —señaló Gabriel.

—Hmm.... —reflexionó la teniente Cannone.

—¿Qué? —preguntó el detective Kranepool.

—¿Quién es el tipo a la derecha de O'Neill?

—Gregory Page. La pareja actual de O'Neill.

—Hmm.... —repitió Pippa.

—¿Qué pasa, teniente?

—Todos aman a Linda. ¿Y el tipo que supuestamente es su novio no es el principal sospechoso?

—Bueno, tengo que admitirlo —dijo la detective Gabriel—, ha pasado desapercibido.

—¿Lo habéis investigado?

Se hizo el silencio.

—Diría que es hora de investigar un poco a Gregory Page.

12

—¿Cuántas veces tengo que decirlo? —le espetó Linda a Gregory—. No estoy enamorada de ella. Tuvimos una pequeña aventura. Eso fue todo. Solo un par de veces.

—Te creo —respondió Gregory mientras revolvía la carne en la sartén—. Lo que me molesta más que nada es la deshonestidad. Me siento humillado. Como un tonto. ¿Qué otros secretos escondes?

—Sabía que reaccionarías así. Por eso nunca te lo dije. Para mí fue insignificante.

—¿También fue insignificante para Kerri-Anne?

Linda no tuvo respuesta.

—Y no es insignificante para mí.

—Lo sé. Lo lamento. No quise lastimarte. Ni a Kerri-Anne.

—¿Quién más lo sabe?

—¿Por qué le diríamos a alguien más? Kerri-Anne sabe que esto era un secreto.

—Porque Kerri-Anne Harmon se emborracha y balbucea tonterías a cualquiera. Es imposible que guarde un secreto.

Linda sabía que Gregory tenía razón.

—En ese caso, mientras jugábamos a Cartas contra la Humanidad, todos los demás estaban pensando en lo bufón que soy... el idiota y despistado novio de Linda.

—¿Quieres que cancelemos la Noche de Juegos? —Linda consultó la hora en su iPhone—. Ya son las cinco, pero...

—No, tenemos toda esta comida.

—Te lo compensaré, lo prometo. —Los ojos de Linda se llenaron de lágrimas.

—Tengo que preguntarte algo más.

—¿Qué?

—¿Sabes adónde fue Kerri-Anne?

Linda negó con la cabeza.

—Juró que no tengo ni idea.

Los invitados de la noche de juego estaban absortos en un nuevo juego, Pictionary Air, una variedad divertida de Pictionary, donde los dibujos, creados con un bolígrafo Bluetooth, aparecían en la pantalla del televisor. A Ren se le ocurrió una nueva regla: para el turno de cada equipo, podían hacer que uno de los otros tres equipos bebiera la cantidad de tragos correspondientes a las palabras que adivinaran correctamente en esa ronda.

—¡Pavo real! —gritó Laureen.

Maureen negó con la cabeza.

—No.

—¡Polla real! —adivinó Ren.

—¡Cielos!, Ren, ¿siempre eres un cerdo? —espetó Maureen.

—¡Se acabó el tiempo! —anunció Gregory—. Dos correctas.

—Gregory, Linda y Jesse (un nuevo invitado a las Noches de juegos, maestro en la escuela de Linda), ¡bebed! —Maureen cogió el Patrón y sirvió tres tragos.

—¡Por Hank!

Gregory, Linda y Jesse entrechocaron las copas.

Cada trago a lo largo de la noche se brindó en honor de Hank.

A continuación estaban tres amigas de Ren: Judy, Karen y Yanika. Las tres eran nuevas en las Noches de juegos, y las tres ya estaban sintiendo los efectos de los hongos psicodélicos incluso antes de que comenzara la noche.

Era una Noche de juegos extraña. Lo que se suponía que era un tributo a Hank (aunque el hombre no había aparecido en una Noche de juegos durante al menos un año), tenía un toque sombrío. Linda y Gregory estaban tensos por la revelación sobre Linda y Kerri-Anne. La ausencia de Kerri-Anne fue evidente, con constantes susurros entre algunos invitados que especulaban sobre su paradero. Y, por supuesto, estaba la muerte de Hank. Juanita fue invitada a la Noche de juegos, y Linda la llamó varias veces, insistiendo que salir, divertirse y brindar por la memoria de Hank la ayudaría. Pero Juanita se quedó en casa, lamentando la muerte de su esposo.

Las tres "amigas" de Ren, Judy, Karen y Yanika, agregaron algo de alivio cómico. Ren había presentado a las damas como amigas, pero estaba claro que cada una competía por la atención de Ren. El compañero de trabajo de Linda, Jesse, había estado haciendo algunos movimientos con la bella afroamericana Yanika, quien no estaba correspondiendo. Después de cinco rondas de Pictionary Air, las tres amigas de Ren aún no habían sumado un punto, aunque fueron elegidas para varias rondas de tragos de tequila.

—Propongo otra regla —sugirió Ren—. Si no quieres tomar, puedes quitarte una prenda de vestir. ¡Pictionary ropa!

—¡No! —Gregory reaccionó de inmediato.

—¡Oh, venga, tío! Relájate —respondió Ren.

—¿Nos vamos a desnudar? —preguntó la pelirroja ebria, Judy, mientras se quitaba el apretado suéter. Luego se sentó en el regazo de Linda, la abrazó y trató de besar su cuello. Todos se rendían ante Linda.

—¡No! Ren, haz que se detenga —dijo Gregory, arrojando una manta sobre los hombros de Judy.

Y la Noche de juegos se volvió mucho más incómoda.

Ren disfrutaba de la atmósfera. Había intentado sin éxito en varias Noches de juegos anteriores iniciar una aventura más sexual. Se había cansado de los brindis "en memoria de Hank Sanguillén". Ren también disfrutaba haciendo que Gregory se sintiera incómodo. Era bastante amistoso con el novio de Linda. Pero estaba mucho más interesado en ella.

La noche de juego estaba terminando. Ren había conseguido Uber para sus tres amigas, metiendo sus cuerpos casi comatosos en los autos. Jesse se fue poco después de eso, frustrado porque sus avances hacia Yanika no tuvieron éxito. Laureen y Maureen fumaron un cigarrillo en el patio trasero antes de despedirse. Gregory se estremeció y arrugó la nariz cuando Laureen le dio un abrazo. El hedor de Marlboro le provocó náuseas.

Gregory fue al fregadero, a limpiar los muchos platos y el desorden de los tacos.

Ren se sirvió otro trago de tequila.

—¡Por Hank! —dijo sarcásticamente, arrojando el trago.

Linda se moría de sueño. Era la una de la mañana y Ren, una vez más, se estaba quedando más tiempo de lo esperado. Linda ni siquiera dijo buenas noches cuando se deslizó en el dormitorio y cerró la puerta.

—Alexa, toca "Ass and Titties" de Three 6 Mafia —exigió Ren.

Alexa comenzó a tocar la obscena canción de hip-hop.

—¡Alexa, para! —gritó Gregory—. Presta atención,

Ren. Linda se ha ido a la cama. Solo quedamos nosotros dos.

Ren no captó la indirecta. En lugar de recoger su abrigo e ir a casa, se sirvió otro trago.

—Parecías demasiado tenso esta noche —dijo Ren, afirmando lo obvio.

—Demasiados problemas.

—¿Cómo qué? —Ren no era tan estúpido. Estaba haciéndose el tonto.

—¿En serio? La muerte de Hank... Kerri-Anne desaparece... la Noche de juegos casi se convierte en una orgía de borrachos...

—¿De verdad eres tan serio? Somos adultos. ¿No concibes un poco de diversión traviesa? Las fiestas de Linda alguna vez fueron totalmente salvajes.

—¿Salvajes? ¿Muy salvajes?

—Digamos que la desnudez no era tabú.

Ren sabía que estaba irritando a Gregory. Estaba tergiversando la verdad. Nunca hubo desnudez ni travesuras sexuales en las Noches de juegos anteriores a la llegada de Gregory a la vida de Linda. Ren solo quería ver cómo reaccionaría. Estaba borracho, drogado y de un humor insufrible.

A Gregory no le hizo gracia. La revelación sobre Kerri-Anne y Linda aún era una herida fresca.

—Es hora de irse, Ren.

—Oh, venga. Solo un trago más. Tómate un trago conmigo.

—No, estoy cansado.

—Bien, tomaré otro —dijo Ren, sirviéndose—. ¡Aaah!

—¿Ya estás feliz? Hora de irse. —Gregory abrió la puerta.

Ren no se movió del taburete del bar.

—Dime, Gregory. ¿Lo hiciste?

—¿Hacer qué?

—Vamos, puedes decírmelo. Estamos solos. Hank.

Kerri-Anne. Lo hiciste, ¿verdad? Ambos. Ya sabes... ¿te deshiciste de la competencia?

—¿De qué mierda estás hablando?

—Pero no puedo entender cómo. ¿Esperaste a que Linda se durmiera? Sé que usa tapones para los oídos. Apuesto a que no te escuchó levantarte de la cama e ir a la casa de Hank. Pero Kerri-Anne. Eso sí que es un misterio. ¿Cómo te deshiciste de ella? Como limpiaste su apartamento. Escondiste su auto en alguna parte. Eso tuvo que requerir algo de planificación.

—Estás drogado, amigo.

—He reflexionado mucho. Quiero decir, fue fácil convertir a Kerri-Anne en sospechosa del asesinato de Hank. ¡Cielos!, estaba tan ebria esa noche que ni siquiera recordaría si mató al tipo.

—¡Cállate, Ren!

—Sabías lo de Kerri-Anne y Linda, ¿verdad? Estoy seguro de que alguien tuvo que haberte contado de Linda y Hank. Pobre imbécil. Estaba tan enamorado de Linda. Me sorprende que no intentara golpearte. Estaba tan celoso cuando empezaste a salir con Linda.

—Me estás jodiendo. Hank acababa de casarse. Él y Juanita estaban enamorados.

Ren se encogió de hombros. Su lenguaje corporal decía: "Juanita era la segunda opción de Hank".

Gregory señaló la puerta abierta. Estaba furioso.

—Bien, bien, me iré.

Gregory cerró la puerta detrás de Ren, casi golpeándolo en el trasero.

Menos mal que Linda se puso tapones para los oídos.

"El Panorama" cerca de Coors Field fue una vez uno de los antros favoritos de la detective Gabriel. Hubo un tiempo en que ella y el detective Kranepool tomaban algunas cervezas allí después de un largo día de trabajo. Pero desde que Kranepool se había vuelto sobrio, la detective Gabriel no había vuelto muy a menudo. En vez de eso, visitaba El Crucero, El Circo, LoDo y otras tabernas donde pasaría inadvertida por otros policías para encontrar presas fáciles para satisfacer sus impulsos.

Lauren Gabriel tenía un gran número de conquistas en Tinder. Cada vez que deslizaba el dedo hacia la derecha, el tipo respondía rápidamente, ansioso por conectarse con la deslumbrante oficial. Se encontrarían en un bar, y si sentía que una chispa se encendía, insistiría en que el hombre del momento encontrara una habitación de hotel para el resto de la noche.

Por los viejos tiempos, Ned Kranepool convenció a su compañera para que lo acompañara en "El Panorama" a tomar un bocadillo en el bar y discutir el desconcertante caso de Hank Sanguillén/Kerri-Anne Harmon.

—¿Qué descubriste de Gregory Page? —preguntó Lauren a Ned, bebiendo un Cosmopolitan.

Pablo, el alto camarero de aspecto pijo, ataviado con una camiseta de los Rockies y una gorra de esquí de los Broncos, colocó un plato de Quesadillas de pollo y Mini hamburguesas frente a Lauren y Ned, quienes se metieron una pieza entera de un solo bocado.

—Como los chorros del oro. Típico Boy Scout.

Ned sorbió su Coca-Cola con una pajita de papel para bajar la comida.

—¿Cuál es su historia?

—Cincuenta y dos años. Trabaja desde casa. Es gerente de marketing de una empresa de energía. Ha estado allí durante seis años. Divorciado, tres hijos adultos. Se mudó con O'Neill hace cinco meses. No tiene infracciones de tráfico. Ni arrestos. Registré sus mensajes de texto. No hay nada incriminatorio. Ni siquiera le envía a Linda fotos de genitales.

—¿Eso te decepcionó?

—Para nada. No estoy ansioso por ver miembros —bromeó Kranepool—. Y, escucha esto. Ni siquiera tiene a Kerri-Anne Harmon o Hank Sanguillén en sus contactos. Este tipo no está lo suficientemente conectado con estas personas. Creo que podemos tacharlo de nuestra lista de sospechosos.

—Tal vez no del todo. Pero ¿ahora qué? Nuestra principal sospechosa desaparece. Ni rastro de su coche. Nadie vio un camión de mudanzas en su apartamento. No ha usado sus tarjetas de crédito. ¿Está muerta? ¿Huye de nosotros? ¿Se esconde en Brasil? ¿Qué carajo?

—Necesitamos conseguir algunas órdenes de arresto —agregó Kranepool—. Es hora de buscar un arma homicida.

—Esperemos que no haya desaparecido junto con Kerri-Anne Harmon —respondió Lauren—. Y mientras estamos en eso, deberíamos obtener una orden para los registros de móviles de todos los participantes en las Noches de juegos. Debemos cubrir todas nuestras bases. Algo no cuadra.

La multitud del bar estalló cuando las grandes pantallas mostraron un *touchdown* de los Broncos.

—¿No estabas saliendo con un receptor de los Broncos? —le preguntó a Gabriel, volviendo su atención al juego.

—Fue una cita, y eso fue hace un año.

—¿Qué te desanimó? Ganaba mucho dinero. Un negro de 1,90 m. Probablemente tenía un descomunal…

—¡No hablemos de eso, Kranepool! —Lauren levantó la mano para cambiar el rumbo de su conversación—. Honestamente, parecía un buen tipo. Volvimos a su casa. Intentó encender una fogata, sin éxito. El fuego se resistía. Siguió acomodando los troncos y perdió los estribos. Me asustó un poco, un gran tipo agitando un…

La voz de la detective Gabriel se apagó.

—¿Qué? ¿Qué era? —preguntó el detective Kranepool, metiéndose otra porción. Era evidente que su compañera recreaba la escena.

14

Linda trabajó hasta tarde. Tenía varias reuniones con los padres en su escuela. Gregory estaba en casa, terminando su trabajo, preguntándose qué preparar para la cena cuando Linda le envió un mensaje:

Linda: Me invitaron a la Happy Hour con un par de profesores. Cenaré en el bar.

Gregory respondió a un correo de su trabajo, luego apagó su ordenador portátil. Eran solo las cuatro y veinte, pero no valía la pena comenzar un nuevo proyecto a esa hora del día.

De pie frente al frigorífico abierto durante varios minutos, Gregory al fin decidió preparar unos tacos de camarones cuando recibió otro mensaje:

Ren: ¡Oye, Gregory! ¿Qué estás haciendo?

Gregory: A punto de preparar unos tacos.

Ren: ¿Linda ya está en casa?

Gregory: Trabajará hasta tarde.

Ren: Hice un poco de bourguignon de res. Es delicioso. Ven. Llámalo hacer las paces. La otra noche me comporté como un imbécil.

Gregory: Bueno, sí, así fue. Un gran, peludo y apestoso imbécil. Bourguignon de res suena delicioso. ¿A qué hora?

Ren: Cuando quieras.

Los detectives Lauren Gabriel y Ned Kranepool solían ser muy minuciosos. Pero por alguna razón, se habían descuidado al investigar la muerte de Hank Sanguillén. Primero, pasaron demasiado tiempo debatiendo varias teorías. ¿Fue la muerte de Hank un suicidio? ¿Fue mutilado por un puma? Luego pasaron demasiado tiempo concentrados en Kerri-Anne Harmon como principal sospechosa. Y cuando Kerri-Anne desapareció, pasaron demasiado tiempo buscando su paradero. No habían considerado a otros sospechosos potenciales. Ni siquiera habían buscado un arma homicida, algo que el informe del forense señaló como un "objeto largo, afilado y posiblemente metálico".

Ahora que Kerri-Anne había desaparecido, la probabilidad de que Ned y Lauren encontraran algo parecido a un objeto largo y afilado cerca de su apartamento era extremadamente remota. Pero ella tenía que revisar.

Ned se aproximó al primer basurero. Con guantes en sus manos y zapatos, Ned rebuscó en el contenedor de basura más cercano, atragantándose con el olor a huevos podridos, pañales y basura diversa. Lauren se sentó en el Crown Victoria, deslizando el dedo hacia izquierda y derecha en su teléfono. Tuvo cuidado de asegurarse de que Ned no estuviera al tanto de sus actividades extracurriculares.

—¡Encontré algo! —El detective Kranepool se puso de pie, levantando un bate de béisbol astillado.

La detective Gabriel metió el teléfono en el bolsillo de su chaqueta y se acercó a su compañero.

—¿Qué es eso?

—Jonronero de Louisville. O al menos parte de uno.

—Déjame ver.

Kranepool sostuvo el bate roto frente a ella mientras la detective miraba de cerca el extremo afilado.

—Hmm… no hay señales de sangre. No sé de béisbol. ¿Los bates de madera se rompen muy a menudo?

—En realidad, sí. Se rompen todo el tiempo. Si la pelota golpea con fuerza la etiqueta o los puños, tienden a romperse.

Ned había jugado un poco durante sus días de estudiante universitario en Colorado State, aunque casi siempre utilizó un bate de aluminio.

—Podemos embolsarlo y hacer que lo analicen, pero las posibilidades son bastante escasas…

Antes de que Gabriel pudiera terminar la frase, Kranepool arrojó el bate roto al contenedor de basura.

—Sigamos buscando.

Los detectives registraron varios contenedores de basura en el complejo de apartamentos de Kerri-Anne. Obtuvieron la ayuda de numerosos oficiales uniformados para buscar en los bosques cercanos, así como en el área cerca de donde se encontró el cuerpo de Hank Sanguillén. No se encontró nada que se pareciera a una posible arma homicida larga y afilada.

Próximo paso: obtener órdenes de allanamiento para la casa de Linda y Gregory y la casa de Juanita Sanguillén.

Juanita se sorprendió cuando los detectives aparecieron en su puerta con una orden. Aún estaba de luto por la muerte de su esposo y estaba enfadada por la posibilidad de que el arma homicida de su esposo pudiera estar en algún lugar de su propiedad.

Kranepool y Gabriel hurgaron por toda la casa,

incluido el ático, el sótano sucio y oscuro debajo de la casa, el garaje y el patio trasero. Lo más parecido a un arma homicida que pudieron encontrar fue un juego de palos de golf en el garaje, que parecía intacto. Hank Sanguillén había recibido los palos como regalo de bodas de su hermano, a pesar de que Hank nunca había jugado, y nunca jugaría, golf en su vida.

En la casa de Linda y Gregory, los detectives alcanzaron a Gregory justo cuando se dirigía a la casa de Ren. Le mostraron la orden de allanamiento.

—Buscad todo lo que queráis —insistió Gregory—. ¿Qué estáis buscando? ¿Un arma homicida?

—Exacto —respondió Kranepool—. ¿Por casualidad no tienes objetos largos y afilados escondidos por aquí?

—Buscad todo lo que queráis —repitió Gregory—. No tengo nada que esconder. Gregory mantuvo la puerta abierta para los detectives—. Pero no hagáis desorden, ¿de acuerdo?

Los detectives revisaron la mayor parte posible de la propiedad. Abrieron el sótano y revisaron las cajas almacenadas debajo de la casa. Todas las casas del vecindario tenían los mismos espacios angostos en lugar de sótanos. Ned Kranepool chilló al ver un esqueleto de mapache cerca del horno, pero no vio nada sospechoso.

La puerta del garaje estaba abierta, por lo que los detectives también lo revisaron. El garaje estaba repleto de una gran cantidad de adornos navideños (Linda era una ávida coleccionista de Navidad), pero no había nada que se pareciera mucho a un dispositivo que pudiera haber sido usado para matar a alguien.

La canción de Drake "Laugh Now Cry Later" cantó desde el iPhone de la Detective Gabriel.

—¿Sí, teniente?

—*¿Cualquier cosa?*

—Maldita pérdida de tiempo. Todo el día buscando mierda. ¿Qué tal el pantano cerca del río Platte? ¿Cualquier cosa?

—*Un montón de zapatos fangosos es todo. Ah, y el perro perdido de alguien fue devuelto a casa. Entonces, al menos había eso.*

—No vamos a encontrar un arma homicida, teniente Cannone. Probablemente esté enterrada junto con Kerri-Anne Harmon.

—Vaya a casa y descanse un poco, detective. Ha sido un largo día.

—Cierto —respondió Lauren—. Estoy exhausta y sucia, y necesito asearme para una cita.

—*Oh, ser joven y deseable. Bueno, que tenga buenas noches, detective Gabriel. Vuelva por la mañana.*

Kranepool escuchó la conversación.

—¿Otra cita, Lauren? Son tres esta semana.

—¡No sabía que estabas contando, papá!

Era su cuarta "cita" pero Lauren no iba a corregir a su compañero.

Lauren Gabriel se estaba preparando para su cita. Llevaba sus zapatos de salón rojos favoritos, pantalones negros de piel sintética y un suéter rosa escotado. Se echó un poco de Black Opium en el escote y se sirvió una copa de chardonnay. Al mirar su teléfono, Lauren se dio cuenta de que aún tenía treinta minutos antes de su cita en el moderno restaurante del área de RiNo (River North Art District), Barcelona.

Lauren Gabriel sabía que estaba viviendo una peligrosa vida dual: una detective seria y condecorada y una promiscua persona que se citaba en Tinder. Sabía que tenía que reducir su lado secreto y desinhibido antes de que algo pudiera suceder. Como agente de la ley, Lauren Gabriel conocía muy bien los peligros potenciales de sus citas casuales con personas no investigadas.

Pero era adicta a la emoción. Encendió su teléfono

casi inconscientemente. Se había convertido en un impulso involuntario.

Lauren deslizó el dedo para desplazarse. Deslizó hacia la izquierda. A la izquierda. Izquierda, izquierda.

—Hmm, es lindo.

Deslizó hacia la derecha.

La siguiente imagen parecía familiar. Lauren hizo una pausa. Renaldo D., cuarenta y cinco años, música jazz, arquitectura moderna de mediados de siglo, ciclismo de montaña y cocina.

—Conozco a este tipo —dijo, tamborileando con sus uñas cuidadas de color rosa brillante (la uña del índice derecho estaba astillada por cortesía de las búsquedas en el basurero del día) en el brazo de su sofá—. ¡Mierda! ¿Por qué no vi esto?

Lauren estaba tan enfadada consigo misma por no darse cuenta de que se había citado con Ren DeJesús, uno de los infames asistentes a las Noches de juegos. Había mirado su foto al menos doscientas veces durante el mes anterior. Se veía un poco diferente a la noche en que Lauren se reunió con Ren en Linger para tomar una copa. Su cabello en el perfil de Tinder era de un castaño más claro y en ese momento lucía gafas redondas con montura dorada. Ren ahora usaba gafas negras y su cabello era negro azabache. Pero era inequívocamente el mismo friki que asustó a Lauren dos años antes.

Ren DeJesús fue un perfecto caballero mientras estuvo en Linger. Pidió empanadillas picantes de cerdo, pollo frito coreano y dos sangrías. A Lauren le gustó su comportamiento. Se sintió atraída. Hablaron de películas, vinos y libros. Ren hizo bromas groseras no tan sutiles y reveló su inclinación "vergonzosa" por los juguetes sexuales. Después de acabarse la comida y las tres sangrías, Lauren sugirió que consiguieran una habitación. Ren sabía adónde ir. Le envió un mensaje a Lauren con la dirección del Hotel Magnolia, un lugar elegante en el centro de Denver con chimeneas en las habitaciones. Lauren siguió a la camioneta GMC Hummer de Ren. Le gustó su confianza, su dinero y su imagen de chico malo.

Lauren y Ren estaban desnudos a los cinco minutos de registrarse en el hotel. Ren encendió la chimenea y descorchó una botella de vino.

La chimenea de gas no necesitó mucho trabajo. Era extraño que hubiera un juego de herramientas para la chimenea: escobilla, tenazas, pala y atizador. Ren acercó el atizador al fuego, fingiendo mover los leños falsos para avivar las llamas. Hizo girar el atizador durante una cantidad desmesurada de tiempo.

Lauren preguntó:

—¿Qué carajo estás haciendo con el fuego? Ven aquí y tócame.

Y así lo hizo. Ren acercó el atizador al rojo vivo al pezón de Lauren.

—¡Espera!

—Pensé que te gustaba lo pervertido —dijo Ren, sin dejar de llevar el atizador más cerca del pecho de Lauren. Ella se estremeció, pero Ren lo acercó y quemó a la detective.

Lauren reaccionó rápidamente, pateando a Ren en las bolas y golpeándole la nariz con la palma de la mano. Mientras su nariz sangraba y la ingle pulsaba por el dolor, Lauren recogió su ropa rápidamente y salió corriendo de la habitación.

Lauren Gabriel había salido con tantos hombres que casi había olvidado esa noche traumática. Pero ahora todo volvió a ella.

—¡Hijo de puta! ¡Ren DeJesús! ¿Por qué no me di cuenta?

15

Gregory y Ren estaban disfrutando la comida. Ren era un excelente chef. Conversaron principalmente sobre música. Eran espíritus afines en lo que respecta a sus gustos en el rock clásico y la historia de la música. El sistema de cine en casa Onkyo de Ren emitía ciento cincuenta decibelios ensordecedores y Gregory tenía que gritarle a Ren que bajara el volumen cada diez minutos. Ren era un ávido conocedor de cervezas y compartió varias botellas de Juicy Bits Double Dry-Hopped de Weldworks Brewing Company.

Durante la mayor parte de la noche, Gregory casi se olvidó de los problemas que le preocupaban.

—Nombra la banda —desafió Ren a Gregory, tocando su iPhone emparejado con su estéreo. Ren subió el volumen a diez mientras la canción de Roxy Music de 1975 "Love is the Drug" sonaba a todo volumen por los altavoces.

—¡Roxy Music! —respondió Gregory unos segundos después.

Ren dio un pulgar hacia arriba.

—¡Pero puedo escucharlo bien a la mitad del volumen!

Ren cedió de nuevo. Los oídos de Gregory estaban zumbando.

El Boston Terrier de Ren, Beaver, saltó al regazo de Gregory.

—Le agradas a Beaver —señaló Ren mientras el can hundía su hocico en el vaso de cerveza de Gregory.

Beaver saltó del regazo de Gregory y salió disparado por la pequeña puerta para perros, permitiendo que el aire frío entrara en la habitación. Era una tarde de noviembre inusualmente fresca.

Beaver comenzó a ladrar, iniciando un maratón de ladridos con una jauría de perros cercanos. Un ladrido bullicioso casi ahogó a todos los demás.

—¡Maldito Mongo! Ese perro es casi un oso pardo.

—¿Mongo? —preguntó Gregory.

—Sí, el perro de Hank. Bueno, era el perro de Hank.

—No sabía que Hank vivía justo detrás de ti.

—En diagonal, pero sí. Estaba justo allí atrás.

Ren señaló en dirección a la casa de Hank y Juanita Sanguillén.

Beaver volvió a entrar, temblando de frío.

—Creo que nevará —predijo Gregory.

—Sí, hace demasiado frío. Voy a encender un fuego.

A Beaver le encanta acurrucarse junto a la chimenea. Ren arrojó varios leños a la chimenea, arrancó algunas páginas de un Architectural Digest para encender el fuego. Agarró la pala de la chimenea y movió la madera, avivando la llama.

Gregory no pudo evitar notar que al juego de herramientas para la chimenea de Ren le faltaba una pieza importante.

—¿Qué le pasó a tu...?

No terminó su pregunta. Su mente instantáneamente recordó la pregunta del detective Kranepool sobre "objetos largos y afilados". Un escalofrío recorrió su columna vertebral. Se congeló, sin querer mirar a Ren.

Ren caminaba con indiferencia hacia la cocina.

—Déjame traerte otra fría. Tengo esta otra cerveza

llamada In the Deep Steep. Te encantará. Cremosa y cítrica.

Ren estaba de regreso en el estudio un minuto después, tendiéndole la cerveza a Gregory, quien la aceptó de mala gana.

—¡Salud! —Ren entrechocó botellas con Gregory, luego cogió su teléfono y buscó una nueva canción—. Apuesto a que no conoces esta.

Una oscura canción de 2004 de The Killers, "Jenny Was a Friend of Mine", sonó a todo volumen. La letra era inquietantemente apropiada:

Dime lo que quieres saber
Oh vamos, vamos, vamos
No hay motivo para este crimen
Jenny era amiga mía
Así que vamos, vamos, vamos
Conozco mis derechos, he estado aquí todo el día y
*   es hora*
De que me vaya, así que avísame si está bien
No puedo con esto, te juro que te dije la verdad
Ella no podía gritar mientras la abrazaba
Juré que nunca la dejaría ir

Gregory tomó un par de grandes tragos, luego se sentó en el ultracómodo sillón de cuero de vaca Hailee, hundiéndose profundamente.

—Esa silla es jodidamente cómoda, ¿no? La encontré en una venta de garaje en Glenwood Springs por veinte dólares. ¿Cómo está la cerveza?

Gregory tomó otro trago.

—Es buena.

Su visión comenzó a nublarse. Su mente se aceleró. Sacudió la cabeza para despejarse el cerebro. Tenía que salir de la casa de Ren pronto. Pero ¿cómo?

Linda había regresado de la Happy Hour con sus amigos del trabajo y se dispuso a ver El baile de las luciérnagas en Netflix. Se sirvió una copa de Prosecco. No tenía motivos para preocuparse por Gregory, quien le había enviado un mensaje antes diciéndole que iba a cenar en casa de Ren.

Un hombre corpulento de media edad abrió de un empujón la chirriante puerta trasera de la rectoría de una iglesia. Había seis personas sentadas en círculo en el comedor. Eran las diez. La nieve había comenzado a caer y el hombre dejó huellas mojadas en el suelo.

—Bienvenido, amigo —le dijo la presidenta a Ned Kranepool, quien sintió la necesidad de asistir a una reunión esa noche. Tenía mucho en mente—. Siéntate.

Ned se metió entre una mujer joven de aspecto emo, que no parecía lo suficientemente mayor para beber legalmente, y un hombre curtido con el pelo largo y gris que bien podría haber sido el cantante principal de una banda de rock de los años setenta.

—Estábamos haciendo las presentaciones —le dijo a Ned la presidenta de AA, Trixie, con su voz calmada y relajante—. ¿Te importa compartir? Soy Trixie, por cierto.

Ned le sonrió.

—Eh, claro —comenzó Ned, mientras se quitaba su nuevo abrigo de invierno, una compra reciente de Costco—. Hola, mi nombre es Ned y soy alcohólico. Quince meses sobrio.

—Hola, Ned —respondió el grupo.

—Felicitaciones, Ned —agregó Trixie—. Eres nuevo en nuestro grupo.

Ned asintió.

—¿Qué te trae por aquí a esta hora tardía?

—Bueno, estoy bien. Personalmente. Ya sabes, siempre es una lucha. Tengo un día difícil y quiero beber. Pero he sido bueno. Fuerte. Perdí a mi esposa y a mis hijos. Arruiné mi coche. Aún tengo mi trabajo y ya sabes, es un trabajo difícil. Soy policía. Pero es todo lo que tengo, y lo necesito.

»Es el trabajo lo que me trae aquí esta noche. Mi compañera, para ser exactos. Es una gran detective. Una de las mejores que he visto. Y es una adicta. Ella cree que lo ignoro, pero lo sé.

—¿Consume en el trabajo? —preguntó Trixie.

—Su adicción no son las drogas. Es el sexo. Se está poniendo en peligro. Un grave peligro. La veo en esas aplicaciones todo el tiempo. La he seguido un par de veces por la noche. Soy, no sé, soy... protector. Es joven y hermosa, y... y saldrá lastimada. Lo he visto demasiadas veces.

—¡Tienes que detenerla!

La joven de aspecto emo se puso de pie y señaló con un dedo a Ned.

—Jovanna, por favor —dijo Trixie—, toma asiento y deja que Ned termine.

Jovanna se sentó pero continuó:

—No, lo digo en serio, amigo. Esa era yo hace como seis meses. Esas aplicaciones son adictivas. Estaba saliendo con cuatro o cinco chicos por noche. Follaba con uno en su casa, y luego, a veces, volvía a Tinder mientras él seguía conmigo, buscando el siguiente. No bromeo. Por supuesto, también estaba jodidamente drogada todo el tiempo. Pero no pude abstenerme de sexo hasta... Bueno, hasta que un maldito imbécil casi me tira por la ventana de su duodécimo piso porque no quería quedarme y follarlo de nuevo.

Ned sabía que exponer a Lauren y su adicción al sexo podría afectar potencialmente su trabajo. También sabía que Jovanna tenía razón. No podía permitir que Lauren siguiera poniéndose en peligro. Tenía que ser un buen compañero... y un buen amigo.

16

—¡Llama a Kranepool! —gritó la detective Gabriel a su Bluetooth, tratando desesperadamente de comunicarse con su compañero mientras aceleraba hacia la casa de Ren DeJesús. Pero las llamadas seguían yendo directamente al contestador automático. Ned había apagado su teléfono mientras asistía a la reunión de AA —. ¿¡Dónde narices estás, Ned!?

El tráfico en la I25 se redujo hasta avanzar a paso de tortuga. La nieve que había comenzado a caer no disuadió a los conductores de exceder el límite de velocidad y un automovilista imprudente perdió el control de su Subaru Outback 1998, se estrelló en la valla de contención y volcó hacia un costado. El accidente paralizó el tráfico durante tres kilómetros. La detective Gabriel colocó su luz de policía encima de su Crown Victoria y maniobró hasta el arcén para sortear el tráfico.

Lauren intentó enviar mensajes de voz a Ned por quinta vez:

—Kranepool, ¡¡¡es Ren DeJesús!!! lo resolví. No hay tiempo para explicaciones. Voy camino a su casa ahora.

La detective Gabriel estaba segura de que la vida de Gregory estaba en peligro.

Aún no había respuesta de Kranepool.

La detective Gabriel no quería entrar sola a una casa peligrosa con un presunto asesino. Llamó a la comisaría y solicitó refuerzos en la casa de DeJesús.

También llamó a su teniente desde el auto:

—¿Qué te hace estar tan segura de que es DeJesús? —preguntó la teniente Cannone.

—Conozco al chico. Fue hace mucho, así que me llevó tiempo reconocerlo. Pero yo, eh, lo conocí. Era extraño. Hacía cosas sádicas.

—*¿Cosas sádicas? ¿Cómo adorar al diablo?*

—No, cosas masoquistas.

—Pero investigaste al tipo, ¿verdad? Es uno de los participantes de las Noches de juegos. ¿No salió limpio?

El tráfico se detuvo en la rampa de salida del Boulevard Federal. La detective Gabriel encendió su sirena para esquivar los autos, pero estaba completamente atascada.

—¡Carajo!

—¿Qué ocurre?

—¡Maldito tráfico! No puedo sortear estos autos.

Lauren avanzó poco a poco con su coche en la salida del distribuidor vial.

—Teniente, creo que Gregory Page está en peligro —dijo, raspando levemente su parachoques delantero izquierdo contra la barandilla de acero—. Gregory se dirigía a la casa de DeJesús cuando Ned y yo lo visitamos esta tarde.

—*¿Cuál es el motivo, detective Gabriel? ¿Por qué DeJesús querría matar a Hank Sanguillén, Gregory Page y posiblemente a Kerri-Anne Harmon? ¿Qué convertiría a este tipo en un asesino serial?*

—Simple, teniente. El amor. El tipo está enamorado de Linda O'Neill.

—¿Qué tiene esa mujer? ¿Todos están enamorados de Linda O'Neill?

• • •

—Pusiste algo en mi bebida —murmuró Gregory.

—Te dí cerveza. Eso es todo. —Ren le sonrió a Gregory—. No es mi culpa que te emborraches fácilmente.

Gregory podría soportar unas cuantas cervezas. Sin embargo, no pudo manejar el LSD que Ren agregó en su cerveza. Ren creyó que sería divertido ver cómo reaccionaría Gregory Page, por lo general reservado, ante la inesperada droga. Ren tenía un lado sádico.

—Me vas a matar, ¿no?

—¿Matarte? ¿Por qué querría matarte?

—Por la misma razón que mataste a Kerri-Anne y a Hank.

—Estás siendo paranoico. Eso es efecto del L...

Ren no llegó a admitir que adulteró la cerveza de Gregory.

—Los detectives dijeron que el arma homicida de Hank era un objeto metálico, largo y afilado. Tu atizador de chimenea. No está. Lo usaste para matar a Hank, ¿no?

Ren miró hacia la chimenea, las llamas parpadeaban. Era fascinante, especialmente para alguien que se drogaba con LSD.

—Supongo que falta. Eso es inconveniente.

—Trataste de matarme cuando estaba en la escalera ese día, ¿no es así? Querías que me cayera.

—Gregory, Gregory... estás alucinando.

Gregory quería irse, pero sabía que Ren lo dominaría fácilmente en su estado alterado. Se puso de pie tambaleándose, su cerebro le decía "¡Corre!", pero solo pudo dar un par de pasos antes de caer sobre la alfombra naranja y azul cubierta con formas geométricas que comenzaron a girar ante sus ojos distorsionados.

Ren dejó escapar una risa despiadada.

—Oh, amigo, ¿no tienes experiencia con la

dietilamida del ácido lisérgico? —Ren al fin admitió haber alterado la cerveza de Gregory.

Gregory se hizo un ovillo sobre la alfombra. Empezó a llorar.

—¿Le pusiste droga a mi bebida? ¿Por qué? Solo mátame. Acaba con mi sufrimiento.

Ren se sentó en el sofá color hueso. Cogió a Beaver y lo puso en su regazo, acariciando al perro y contemplando su próximo movimiento.

—¿Qué hago con el pobre Gregory, Beaver? Está tan jodido. ¿Qué debo hacer?

Beaver dejó escapar un gemido manso, preocupado por el desventurado vecino que se retorcía en el suelo.

La detective Lauren Gabriel viró lentamente a la izquierda en la calle Osceola, el Crown Victoria derrapaba ligeramente sobre la nieve resbaladiza. Sus refuerzos aún no habían llegado, por lo que se detuvo junto a la acera, dos casas frente a la de Ren. Apagó el motor y respiró hondo, esperando la llegada de las patrullas Ford Expedition azul y blanco.

Lauren revisó su teléfono nuevamente en busca de alguna respuesta de su compañero, el detective Ned Kranepool, quien, sin que Lauren lo supiera, asistía a una reunión de Alcohólicos Anónimos a altas horas de la noche, irónicamente buscando consejos sobre cómo ayudar a salvar a su compañera de sus vicios.

—¿Dónde demonios estás, Ned? —reflexionó la joven detective, preocupada de que su compañero pudiera haber recaído en la bebida y estuviera escondido en algún bar de mala muerte.

El primer coche patrulla se detuvo detrás del Crown Victoria de Lauren. Dos altos afroamericanos uniformados caminaron hacia el auto de la detective.

Un grupo de paseadores de perros cruzaron la calle con sus huskies siberianos, disminuyendo el paso, curiosos por la actividad policial en la calle normalmente tranquila.

—Oficiales —dijo la detective Gabriel, reconociendo a los dos hombres.

—Detective —respondió el oficial Aaron Guernsey con una pequeña sonrisa. Era uno de los numerosos policías de Denver que habían estado detrás de la bella Lauren Gabriel. Los dos se habían reunido para tomar una copa un año antes, aunque no pasó nada más.

Lauren Gabriel se comprometió a relacionarse solo con hombres ajenos a la comunidad policial.

El compañero del oficial Guernsey, el sargento T.J. Hamilton, captó la sonrisa irónica de su compañero, pero optó por ignorarla.

—¿Qué tenemos aquí? —preguntó el sargento Hamilton.

—Sospechoso masculino, Renaldo DeJesús, cuarenta y tantos años, probablemente armado. Podría tener una víctima potencial adentro. Vecino de al lado, Gregory Page.

—¿Caso Sanguillén? —preguntó Guernesey.

—Sí.

Llegó otro patrullero con dos uniformados más.

Los policías desenfundaron sus armas mientras se acercaban a la puerta principal de Ren DeJesús.

¡BOOM! ¡BOOM! ¡BOOM!

Stan de Eminem, una canción sobre un fan asesino, se escuchaba detrás de la puerta.

—¡Renaldo De Jesús! ¡Departamento de Policía de Denver! —gritó la detective Gabriel, los cuatro policías uniformados la rodeaban.

Ren escuchó los golpes en su puerta. Se inclinó hacia Gregory, que temblaba de miedo y se acurrucaba en posición fetal en el suelo.

Acercó su rostro al de Gregory.

—¿Llamaste a la policía? ¿Qué te pasa?

Ren se paseó, calculando sus opciones. Sus alucinaciones acababan de empeorar. Miró a Gregory, quien tenía lágrimas rodando por sus mejillas. Miró a Beaver, que no estaba afectado por la situación, lamiendo su trasero.

—¿Quieres cambiar de lugar, Beav?

¡BANG! ¡BANG! ¡BANG!

El oficial Hamilton salió disparado para cubrir la parte posterior de la casa. Pero Ren ya se había ido, salió corriendo por su puerta corrediza de vidrio, cruzó su patio trasero y escaló la valla de metro y medio. El oficial Hamilton avistó a DeJesús justo cuando estaba subiendo la valla.

—¡Está huyendo! —gritó en el micrófono en su manga. Hamilton salió tras DeJesús, pero Beaver apareció de inmediato, quien se ofendía mucho cuando un policía invadía su territorio y mordió la pierna de Hamilton.

—¡Mierda! —El oficial Hamilton se quitó de encima al pequeño can, pero Ren ya estaba a unos cien metros por delante cuando saltó la valla, la sangre corría por la pantorrilla del sargento Hamilton, cortesía de los colmillos de Beaver.

Con la herida que le escocía en la pierna, Hamilton sabía que no podría alcanzar a Ren a pie, así que detuvo a su compañero y ambos regresaron a su patrulla para buscar a DeJesús.

La detective Gabriel entró en la casa de DeJesús por la entrada trasera y vio a Gregory Page en el suelo. No se movía. La detective alargó la mano hasta la garganta de Gregory para comprobar si tenía pulso.

Las dos patrullas recorrieron lentamente el vecindario en busca de Ren DeJesús. Varios patrulleros adicionales llegaron a la escena, acordonando un radio de diez manzanas para detener el tráfico y llevando rápidamente a los residentes y paseadores de perros de regreso a sus hogares. Los curiosos se asomaron por las ventanas para echar un vistazo a la emocionante persecución que tenía lugar en su vecindario suburbano.

El sargento Hamilton vio a una anciana demasiado curiosa que abría la puerta de su casa y subía al pórtico de la entrada. La mujer gritó hacia los coches de policía:

—¡¿Muchachos, estáis persiguiendo a esos traficantes de drogas?! Hay demasiados porreros invadiendo...

—¡Entre, señora! ¡Y cierre las puertas! —anunció Hamilton a través de su megáfono.

Los oficiales se estaban moviendo en la dirección equivocada. Ren se las había arreglado para subir a lo alto de un tejado cercano. Tenía una posición ventajosa desde donde podía ver la mayoría de los coches de policía que transitaban la zona en su búsqueda.

Pero Ren eligió la azotea equivocada para esconderse. Eligió una casa donde el gran perro podía pararse sobre sus patas traseras y ver a un hombre agachado sobre el techo. Eligió una casa donde el perro lo reconoció y quiso llamar su atención.

¡GUAU! ¡GUAU!

—Mongo, tranquilo —suplicó Ren en voz baja.

¡GUAU! ¡GUAU!

—Maldito perro —murmuró Ren, bajándose al patio trasero de Juanita Sanguillén, donde fue inmediatamente recibido por el enorme sabueso.

Juanita Sanguillén observaba con curioso interés a través de la ventana de su cocina.

Ren pudo liberar su pierna del perro. Escaló la valla y huyó en dirección opuesta a donde la policía estaba buscando.

DeJesús pensó que estaba a salvo, al correr hacia Avenida Evans. No vio ningún coche de policía y no oía sirenas ni megáfonos. Redujo el paso y se dirigió hacia el dispensario "La Solución Verde", uno de los numerosos establecimientos locales de cannabis, y un lugar donde Ren creía que podía evitar el registro policial. Los efectos de la droga estaban en pleno apogeo y Ren creyó que estar entre otras personas de ideas afines podría calmar su cerebro acelerado y frenético.

Ren alcanzó la puerta para entrar al dispensario.

¡PUM!

Ren DeJesús fue derribado al suelo. Los dos hombres rodaron y forcejearon por un momento hasta que el puño del hombre alcanzó la mandíbula de DeJesús. Hizo girar a Ren y colocó las esposas en sus muñecas.

—Renaldo DeJesús —dijo el hombre recuperando el aliento—, está bajo arresto por el asesinato de Hank Sanguillén. Tiene derecho a permanecer en silencio. Cualquier cosa que diga puede y será utilizada en su contra. ¿Entiende estos derechos?

—Sí, detective Kranepool. Comprendo. ¿Cómo me encontró?

—Mongo. Lo escuché ladrar, te vi saltar del techo y te seguí hasta aquí. El perro tiene un ladrido inconfundible. Es un buen can.

EPÍLOGO

Kerri-Anne Harmon estaba viva y bien, se encontraba en SOBA, un centro de rehabilitación de drogas y alcohol en Nueva Jersey. Sus padres habían insistido en que asistiera a rehabilitación y se ofrecieron a pagar el tratamiento y una nueva casa en Garden State inmediatamente después de su salida. Kerri-Anne les había revelado a sus padres que era objeto de una investigación por asesinato y que no podía recordar ningún detalle de la noche en cuestión. Marvin Harmon, un pastor jubilado de setenta años, estaba harto del estilo de vida de su hija. Kerri-Anne opuso poca resistencia, aunque sabía que sus padres tenían razón. Necesitaba ayuda.

Kerri-Anne había llamado a Ren para que la ayudara a empacar sus pertenencias, y Ren llegó a la medianoche con su camioneta y pasó gran parte de la noche conduciendo cuatro cargas de las posesiones de Kerri-Anne a una instalación de almacenamiento, también pagada por los padres de Kerri-Anne. No quería contactar a Linda; sabía que el adiós sería demasiado doloroso.

No había registros de las transacciones financieras de Kerri-Anne, ya que todas fueron manejadas por Marvin Harmon, y su móvil fue confiscado y apagado mientras estaba en rehabilitación, por lo que nadie pudo rastrear su paradero.

Ren DeJesús era inocente de asesinato. Pero el atizador de la chimenea perdido, decenas de mensajes de texto lascivos a Linda O'Neill y su intento de fuga cuando llegó la policía ascendieron a pruebas circunstanciales sustanciales contra él. DeJesús no pudo explicar por qué huyó, excepto que estaba bajo la influencia del LSD. No ayudó a su caso cuando la detective Lauren Gabriel testificó ante el Gran Jurado sobre su fallida cita cuando DeJesús trató de escaldar su pecho.

Un año después del asesinato de Hank Sanguillén, Ren DeJesús fue sentenciado a veinte años de prisión por homicidio involuntario.

El perro de Ren, Beaver, se iría a vivir con Gregory y Linda, quienes lo cuidaron bien.

Gregory Page sobrevivió a la sobredosis y a los eventos que amenazaron su vida en la casa de Ren. Su vida, de hecho, nunca estuvo en peligro. Ren no tenía ningún deseo de asesinar a Gregory, aunque albergaba un ardiente deseo de reavivar su relación con Linda.

Gregory insistió en que Linda cancelara sus Noches de juegos. Y aunque Linda había disfrutado tanto de sus fiestas, sabía que había demasiados fantasmas rondando los eventos.

La nueva pasión de Gregory se convirtió en tener una mascota. Él y Beaver se entendieron. Los dos hacían caminatas juntos todos los fines de semana. Gregory incluso conseguiría un compañero para Beaver, otro Boston Terrier al que apodó "Richard".

. . .

Linda O'Neill se sinceró con Gregory sobre sus numerosas aventuras, incluidas Kerri-Anne, Ren y Hank. Superó su adicción al sexo gracias a sesiones semanales con un terapeuta muy hábil, el Dr. Victor Greenberg, un hombre con casi cincuenta años de experiencia como psicoanalista.

Gregory aplaudió el cambio de Linda, aunque en secreto se preguntó si el Dr. Greenberg se había enamorado de ella. Después de todo, todos se rendían ante Linda.

Lauren Gabriel también buscó ayuda con su adicción, aunque no tuvo éxito. Asistía regularmente a las reuniones de SexoAdictos Anónimos en la misma rectoría de la iglesia que las reuniones de AA de Ned Kranepool. Pero había demasiadas tentaciones. Los hombres la acosaban constantemente. Tinder resultó ser la punta del iceberg. Encontró muchas otras formas de conocer hombres en línea.

El estilo de vida descuidado de la detective Gabriel sería su perdición. La brillante estrella del Departamento de Policía de Denver recibió un disparo en la espalda de un enloquecido joven de dieciocho años que Lauren conoció por primera vez en Tinder y luego, solo diez minutos después, estaba teniendo sexo con el joven en un callejón detrás de Nocturn, un bar en el distrito RINO de Denver. Quedó paralizada de por vida, al igual que su padre. El hombre, cegado por la droga Ketamina, se enfureció cuando Lauren no quiso volver a casa con él.

Lauren Gabriel trabajó en un escritorio durante el resto de su carrera.

Ned Kranepool no tuvo tanta suerte como su compañera. Se mantuvo sobrio y fiel a su dieta. Había perdido dieciocho kilos y estaba empezando a salir con una mujer cuyo marido había muerto recientemente. Ned y Juanita disfrutaron de las montañas de Colorado y pasaron varios fines de semana acampando en Salida, Steamboat y Glenwood Springs.

La relación de Ned y Juanita solo duraría unos meses. Ned Kranepool fue asesinado por un conductor ebrio que conducía a ciento ochenta kilómetros por hora en la I70, a pesar de una fuerte tormenta de nieve.

Juanita Sanguillén tuvo que enterrar a otro hombre al que amaba. Sin embargo, lamentó a Ned Kranepool de manera diferente a Hank Sanguillén.

Juanita guardaba un profundo y oscuro secreto. Era una asesina.

En las primeras horas de la mañana después de otra Noche de juegos a la que Juanita y Hank no asistieron, Hank despertó a Juanita para decirle que llevaría a Mongo a dar un paseo. Había sido un día difícil para la pareja. Hank había sido despedido por no presentarse a trabajar, su quinta ausencia injustificada. Resultó que Hank Sanguillén se saltaba el trabajo y seguía a Linda O'Neill a su trabajo, acechando a la mujer que era más adictiva para él que la heroína. Linda había terminado hacía mucho tiempo con Hank, y Hank se había casado con Juanita, pero Hank no podía quitarse la fijación.

Hank no llevó su móvil cuando salió a pasear al perro. Juanita conocía la contraseña de su teléfono. Tenía sus sospechas. Esas extrañas llamadas de Kerri-Anne generaban muchas preocupaciones. Y Hank siempre tenía su teléfono en la mano, a excepción de esa fatídica noche. Mongo había despertado a Hank de un sueño profundo y Hank estaba demasiado cansado para darse cuenta de que había olvidado el móvil.

Juanita tenía que revisar. Lo que vio la enfureció. Miles de mensajes a Linda, aunque rara vez respondía, excepto para preguntar sobre las Noches de juegos. También había fotos de Linda, fotos espeluznantes y acosadoras de Linda desvistiéndose, aparentemente tomadas fuera de su casa.

Juanita estaba enamorada de Hank Sanguillén. El subidón de su maravillosa luna de miel se estrelló contra un profundo abismo de depresión instantánea. Fue al patio trasero y cogió el poste de la valla de hierro forjado que Mongo había derribado. Cuando Hank y Mongo regresaron, Juanita lo enfrentó en la entrada de su casa.

—Lo sé todo, bastardo.

—¿Sabes qué?

—Tú y Linda. ¿Cómo te atreves? Estamos recién casados. Ella no te quiere. ¿No lo entiendes?

Hank se quedó inmóvil y sin palabras mientras Mongo se esforzaba por volver a entrar.

Juanita bloqueó el camino de Hank a la casa y siguió reprendiendo a su esposo.

—¿Qué tiene esa mujer que no tenga yo?

Hank al fin habló:

—No puedo explicarlo, cariño. Tiene... algo.

—Ya no me llames "cariño".

Juanita sacó la larga vara de metal de detrás de su espalda y la clavó en el abdomen de Hank. Hank se derrumbó inmediatamente en la entrada de cemento.

Hank era un hombre grande, por lo que fue difícil para Juanita subir su cadáver a su camioneta. Usó una plataforma rodante para muebles. Y luego Juanita llevó a su difunto esposo al río Platte, donde depositó su cadáver. Pero el caudal del río llevó a Hank a la orilla, donde los coyotes y las aves rapaces atacarían salvajemente su cuerpo. Luego, Juanita regresó a casa y limpió la sangre de Hank. Esperaba que la policía sospechara de ella y se preparó para la posibilidad de vivir tras las rejas. Pero eso nunca sucedió.

Cuando Ren DeJesús huía de la policía, Juanita

observaba cómo se desarrollaban los acontecimientos desde su ventana, aferrándose al largo poste de metal que era el arma homicida de Hank Sanguillén, con una pequeña sonrisa irónica en el rostro.

Ren DeJesús fue a prisión por un crimen que no cometió. Sin embargo, nadie jamás registró la casa de Juanita en busca de un objeto largo y afilado. Nadie sospechó de Juanita Sanguillén. Ned Kranepool nunca supo que Juanita mató a Hank. Nadie nunca se enteró.

Juanita no planeó el asesinato perfecto. Simplemente resultó de esa manera.

FIN

Querido lector,

Esperamos que hayas disfrutado leyendo *Los Asesinatos de la Noche de Juegos*. Tómese un momento para dejar una reseña, incluso si es breve. Tu opinión es importante para nosotros.

Atentamente,

Theodore Huntington y el equipo de Next Chapter

SOBRE EL AUTOR

Ted Huntington alcanzó la cima como escritor a los ocho años... y ha estado trabajando desde entonces para recuperar esa fama.

En serio, en segundo grado, Ted escribió una obra de teatro llamada "Blast Off to Ecaps" que fue interpretada por su clase. Unos 35 años después, Ted convirtió la obra en la novela juvenil del mismo título, siguiéndola dos años después con "Blast Off to Earth".

Ted, un "adicto" a la escritura, siempre ha utilizado su talento como escritor a lo largo de su carrera, lo que lo ha llevado a desempeñar exitosas temporadas como ejecutivo de marketing y publicidad.

Ahora concentrado principalmente en la escritura, Ted es autor de "Doug Maxwell", una novela sobrenatural/superhéroe, una antología de poesía, "Uplifting: Poems of Positivity", y está trabajando en novelas y guiones adicionales.

Los Asesinatos de la Noche de Juegos
ISBN: 978-4-82417-683-7
Edición en rústica

Publicado por
Next Chapter
2-5-6 SANNO
SANNO BRIDGE
143-0023 Ota-Ku, Tokyo
+818035793528

1 abril 2023